when the music's started

tetsuo nakagawa

知りたい果て 知らない終わり

中川哲雄

文芸社

to beloved SKY

これだからガイドブックは嫌いなんだ、と頭の中で舌打ちしたのは、その交差点を渡ってしまった後だった。ここを越えるということは、ホテルを出る前に確認していた番地を過ぎることになるはずだ。そもそも、せっかくバイクも借りていることだし今夜は少し趣向を変えて「地元で人気の美味しい蟹料理の店」まで遠出してみよう、などと思いたってしまったこと自体間違いだったのかもしれない。朝も昼も夜も、この国に来てからほとんどの食事を済ませていたホテルのすぐそばの店で、これまで十分満足していた。観光客根性を出すとやっぱりろくなことにならない。

心細げに光る街灯は、場所を探すのに頼りになるとはいえなかった。ほとんど塊となって耳を突くバイクホーンの喧騒に押しながされるように、進んでいる道は一方通行だったからUターンすることもできない。脇道に入るとさらに暗くて入りくんだ路地裏を、一応自分が来た方向に戻るよう小まめにハンドルを繰りながら、もしかするとさっきは少し考え事をしていたせいで、目指す店の表示を見のがしてしまったのかもしれない、と思った。考え事、というよりは、思いだしていたこと。夕べ、あの日本人の女からきいた、暴力の話だ。

泊まっているホテルを出て道端にオープンに並べられたテーブルにつくまで二十秒もかからない場所的な理由、「外国人向け」という謳い文句で紹介されるどのレストランと比べても半額以下のメニューをサーブしてくれる経済的な理由、食事も飲み物も自分のあまりグルメとはいえない舌にちょうどいい具合に合う嗜好的な理由、と大雑把にいって三つの理由からほとんど常連になっていたその店に、やはり彼女の方も毎晩のように姿を見せていた。

一人きりで他所の国に来ている人間にとって、同じく一人きりの旅行者は食事時の話し相手としては格好のはずなのだが、どういうわけかこの国に来てから、ぼくは他人との接触を極力避ける傾向にあった。明確な理由は自分でもわからない。元々特に社交的な人間ではないけれど、かといって始終孤独に籠るほどこだわりたい自分を持っているともいえない。たぶん、時期的なもの、というやつだ。誰にでもある。

だから、最初、何がきっかけで彼女と言葉を交わすようになったのかはよく覚えていないない。初めて見かけたときはせいぜい目で会釈するくらいだったと思う。それが何日目かには名前を名のりあう程度からはじまり、お互いどこから来たのか、何をしている人間なのか、というように会う機会が増えるごとにごく自然に話は進んでいき、そして、昨夕べ、ここには単なる観光で来たのかそれとも、という話になったとき、突然、「暴力」のことを彼女は口にしたのだった。

実はそれまで、彼女がとてもきき上手ということもあり、やや硬めのアクセントの英語で訊ねられる質問にどちらかというとぼくが答える形で会話は進められ、彼女の方からあまり多くは語ろうとしなかったのだけれど、インパクトがあったのは、珍しく向こうが切りだしたということだけが理由ではない。驚いたのは話の内容自体だった。

もちろん、この国で話を持ちだすだけで陳腐と思われてしまいそうな戦争もまた暴力の一種といえないこともなく、だからたとえばどのガイドブックにも必ず載っている類の戦争話を彼女がしだしたのだったら、ぼくはさり気なく話題を切りかえていたかもしれない。彼女がしたのは、この国の過去の戦争とは全く関係がなかった。純粋に、彼女自身の暴力の話だった。

「ただ人と話をしているだけでね、突然暴力が見えてくるの、それまで普通に喋ってた人が急に形相を変えて目を真っ赤にして怒鳴り声を上げて、わたしはびっくりしちゃってすくみあがるだけ、必死に体を退こうとしても、相手は、テーブルを跨いで飛びかかってきてわたしの襟元を摑んで拳を振りあげて、顔を覆っても頭を庇っても無駄、物凄い力で無理矢理こじあけられちゃう、額も目も鼻も口も顎も頬も、ところ構わず何度も何度も殴りつける、堪らずにしゃがみこもうとすると、今度は胸、それからお腹とその下にまで、膝とか靴の爪先が容赦なく飛んできて……」

しばらく目を瞑りそしてもう一度目を開いたとき、その光景は消え、殴りかかった相手は何もなかったように話を続けているのだそうだ。最初はぼんやりとモノクロにダブるだけだった、だけどそれが見える回数は確実に増えつづけ、次第にそこに色と音がつき、自分が流した血の匂いまで感じはじめ、しまいには、醒めたときにどちらが現実なのか一瞬わからなくなるくらいになってきてしまった、と彼女はいった。

さっきあの交差点を渡ったとき、というよりも彼女のその話をきいてからずっと、今夜ホテルを出て悪戦苦闘しながら慣れないホンダのバイクをここまで走らせてくる間もたぶん、ぼくは、その暴力の話を思いだしていた。

会話をしている目の前の相手が、突然殴りかかってくるように見えたら、自分ならどうするだろうか、と。

再び元来たルートに戻ったぼくは、その妄想というか想像を無理矢理頭から振りはらい、今度は通りの番地と店の看板に意識を集中させながら交差点を通りすぎた。やはり、それらしい構えの建物は何もない。

少しでもスピードを緩めると後方から波のように浴びせられるバイクホーンの渦の中で、本当にあるかどうかもわからない場所をぼくはこれ以上探す気になれなかった。何よりもすっかり勢いのそがれた胃袋から空腹感がどこかに消えてしまっているのがわかり、夕食のことなどもうどうでもよくなってきて、ちょうど渡りかけていた次の信号で、あまり考えなしに、ただ自分のホテルに帰る方向という理由だけで、ハンドルを左に切った。

曲がった先の道端から、ホーンの喧騒音よりもさらに耳障りな笛の音が響く。

暗がりから、二つの影がぼくに向かって手招きをしていた。

近よってみると、二人は制服姿の警官だった。

どうやら左折禁止の交差点だったらしい。

ぼくは素直に路肩にバイクを停め、二人が立っているところまでゆっくりと近よっていった。絵に描いたみたいに、背のひょろ長い男ところころまん丸い男の組み合わせだった。

「標識が見えなかった」と弁解したぼくの英語に二人は何の反応も返さず、代わりに物凄い勢いでこの国の言葉をまくしたてた。わざと英語は使わないのかもしれない。喋りながら唇以外の部分をほとんど動かさないのも、無表情なアジア人の顔が白人に与える心理的圧迫感を狙っているのだろう。

たしかに、有無をいわさぬ二人の勢いに不気味さを感じないではなかったが、何をいっているのかわからない点に関してはどうしようもなく事実だったから、ぼくとしては英語で「どうしたらいいのか?」と繰りかえすだけしかできず、やがて二人の表情に少しずつ苛々が浮かびはじめ、ついにひょろ長い方の警官が「トゥエンティファイヴダラ」と吐きすてるようにいった。

二十五ドル? この場で、罰金を二十五ドル払えばいいということか?

残念ながらぼくは、ドル紙幣やパスポートその他の貴重品はホテルに置いてきていた。この国の紙幣で、食べるつもりだった蟹料理にビールを一杯つけられれば十分というお金しかポケットには入っていないはずだった。換算してもせいぜい十五、六ドルといったところだろう。

引っぱりだした皺くちゃの札を数枚手の平に広げ、ぼくは肩をすくめながら、その金額の持ち合わせがないとどうなるのか、と訊いた。ひょろ長い警官がぼくの手の中の札を数え、首を振り、さっきよりも苛つきが増した声で「トゥエンティファイヴダラ」と繰りかえした。

ホテルはどこだ？　と、まん丸い方の警官が、突然英語でそういった。ぼくが答えたホテルの名前に二人して首を傾げるので代わりにそのホテルがある通りの名前を教えると、ひょろ長い警官が初めて苛々以外の表情を浮かべて一瞬肯いたが、それでも口をついて出た言葉はやはり「トゥエンティファイヴダラ」だった。

「だからそんなお金は持ってないっていってるだろう」出かかったその言葉を、ぼくは危ないところで喉の奥に押しもどした。この二人には英語がわかるのだ。無意味に感情的になるのはあまり賢いとはいえない。

「払えないなら」まん丸い方が、また英語でいった。「バイクは置いていけ、それが嫌なら、払え」

ひょろ長い警官が、制服のズボンのポケットを人差し指と親指でそっと開いていることに、ぼくはそのときやっと気がついた。顔は全然関係ない方を向いている。道の反対側の建物だかさらに上方の空だかに飛ばしていたその視線を、頭一つ上からゆっくりとぼくの顔まで下ろしてきて、それからぼくの手の中のお金まで移動させ、さらに半開きにした自分のポケットを示し、そしてもう一度ぼくの顔をじっと見つめ、最後にまた、建物だかさらに上方の空だかに向けて止めた。

　角を少し過ぎた路肩に、一台のバイクが急停車した。恰幅のいい西欧人の男が後部の荷台から降りたった。運転していた男は現地の人間らしく、乗せてきたその西欧人から金を受けとると、舗道にいる警官の視線から逃げるようにさっさと走りさっていった。西欧人は、チェックのボタンシャツに綿パンという出で立ちで、ひょろ長い警官と同じくらいの背の高さ、まん丸い警官と同じくらいの横幅、縮れた黒髪をかき上げ皺の寄った白い顔一杯に笑いを浮かべながら、ぼくと警官二人が立っている所まで近づいてきた。

「どうしたんだ？」

　相変わらず周囲を満たしているバイクホーンの騒音を、一瞬かき消すくらいに大きな声だった。あまりに大きかったので、その西欧人がぼくに話しかけているのかそれとも二人の警官に向かっていっているのかよくわからず、ぼくは何もいわずに黙っていた。西欧人が警官たちに体を寄せ、二言三言何事か耳打ちし、大袈裟な笑い声を上げながらひょろ長い警官の肩を叩き、財布から取りだした数枚のドル紙幣を彼のポケットに滑りこませるのを、ぼくはほとんど傍観者の位置に自分の身を置いたままぼんやりと眺めていた。

「さて、と」西欧人がぼくに顔を向けていった。「きみのホテルはどこかな?」

二人の警官は、すでにぼくに興味をなくしたようだった。

ぼくが、さっき警官に答えたのと同じ通りの名前を伝えると、西欧人は両手を一杯に広げながら「何て偶然だ」といった。ガスの詰まった大きなビニール製のフィギュアが、さらに倍以上左右に膨らんだみたいに見えた。「実は、自分が乗ってきたバイクタクシーを帰してしまってね」

「ええ、さっき見てました」ぼくは答えた。

「よかったら、きみのバイクにわたしを乗せていってくれんかね? きみのホテルと同じ方向で構わんから」

もう蟹料理どころではなくなっていたし、その申し出を断る理由も必要もぼくには見つけられなかった。ぼくと彼が二人してバイクにまたがり出発するまで、さっきの警官たちはこちらの方を見向きもしなかった。

「彼らが何を要求していたのか、わからなかったわけじゃないんだろう?」

走りだしてしばらくした後、頭の後ろから、顔を寄せてきた西欧人の声がきこえてきた。ぼくは前を向いたまま少しだけ口を後方にずらし、警官がいうだけの金額を持っていなかったから、と答えた。

「幾ら持っていたんだね?」

「せいぜい、十五ドルくらいかな」

「で、彼らが要求してきた額は?」

「トゥエンティファイヴダラっていってました、しつこいくらいにね」

「馬鹿だな、きみは、彼らが求めていたのは態度だよ、態度、これで間違いなく有り金全部ですって済まなそうに渡せば、彼らだってきっとそれ以上無理なことはいわんだろう、たとえ十五ドルでも、この国じゃあそれなりの金額になるんだから」

「ええ、まあ、きっとそうだろうな、とは思いましたけど」

「じゃあなぜ、何をきみは揉めていたんだね？」

バイクが合流式のロータリーに差しかかり、ぼくは口を噤んだ。この、信号もルールも何もない冗談みたいな交差点で、みんなして勝手な方角から勝手な方角に向かおうとしている中をかきわけて、後ろに座っている人間とお喋りをしながら自分のバイクを望む方角に進ませることなど、地元民でなければ不可能だ。

「あなたもやっぱり、帰りたくても帰れないで、足止めをくってるクチですか？」やっとの思いでロータリーを抜け、自分が向かうべき大通りにバイクを乗せることに成功してから、ぼくは訊いた。

ぼくがこの国に来た翌日、突然空港が封鎖され、国際線も国内線も全ての旅客機の飛行が無期限でキャンセルされる事態が起きた。空港労働者によるストライキというのが公式な発表だったが、この国の経済体制からいってそれはあまりにも不自然で、一部ではクーデターの噂まで流れていた。事実空港には軍隊が出動し、不穏な空気が流れていて、ほとんどの外国人たちは自国の大使館に訴えるだけで、直接空港に出向く人間は少なかった。おそらく世界中から事態の解決に向けてかなりのプレッシャーがかけられているだろうとは思うけど、手に入れることのできる情報がとても貧弱なので確かなことはわからない。とにかく、今日で丸五日間、状況は全く変化しないまま、肝心の現地の人たちは何も起こっていないかのようにごく普通の生活を送り続け、ただ外国人たちだけが日に日に苛々を募らせていた。

「誰に何を訊ねても、さっぱり要領を得ない答えしか返ってこない」ぼくの後ろで、西欧人は吐きすてた。「本当だったら二日前にはここを出てなきゃならなかったのに」

「ぼくは別に、いついつまでにどこそこに行かなきゃっていうような、スケジュールがびっちりの旅行ってわけじゃないんです」

「つまり……?」

「つまり、あそこで彼らが要求する賄賂を拒否する代わりにバイクを取りあげられて、どこかに連れていかれて、で、その後どんなことになるのか経験してみるのもいいかなって、ちょっと思った」

「すると、わたしは余計なことをしたということかな？」

ぼくは首を振りながら「いえ、もちろん感謝してますよ」といった。「でも、ある意味、そういえないこともないかもしれない」

突然、ぼくの背中を平手で二、三度叩きながら彼は笑いだした。大きな体を揺すって笑うものだから、バイクが一瞬バランスを失いかけるくらいだった。

「きみはもう夕食済ませたのかね？」

「いえ、まだですけど」


狭い路地に間口をオープンにさせたレストランが建ちならぶ中、ぼくがお気に入りのその店は、週末ということもあり大変な繁盛ぶりだった。

何となく自分の家に戻ってきたような気分になり、急に空腹感を覚えたぼくは、軒先のテーブルに並べられた料理を前に幸福だった。

向かいに腰を下ろした西欧人が、乾杯に触れあわせた地元のビールを一息に飲みほし、胸の奥からげっぷにも似た息を思いきり吐きだしながら笑った。「わたしはちょうど道二つ向こうくらいのホテルに泊まってるんだが」と、この付近では一番洗練されている通りの名前を挙げ「こんな所にこんな店があるとは知らなかった、いや、いい場所を教えて貰って感謝してるよ」といってまた大声で笑った。

オーストラリアから来ているビジネスマンだ、とついさっき自己紹介を受けた。この国で作っている木製の、主に家具を買いつけに三月に一度くらいは訪れるらしい。きみは何をやっているんだ？　と訊いておきながら、物書き、と答えたぼくの職業には特に興味を示さなかった。

「今回の空港の閉鎖はどうにも腹に据えかねるが」オーストラリアのビジネスマンは、自分が食べていたベジタリアン料理にフォークを入れ、とろ味のついた空芯菜を口に運びながらそういった。「だが文句ばかりいっていても仕方ない、臨時の休暇だと思って前向きに楽しむことにしたよ、きみもそうだろう？」

「まあ、他にどうにもならないし」ぼくは答えた。

「それにしてもこの国の料理はうまい」彼はいった。それについてはぼくにも異論はなかった。「ステレオタイプという言葉をわたしは憎んでいる」と彼は続ける。「アジアの国々は貧しいという一般的なイメージがあるだろう？　とんでもないよ、こんな見事な食事をサーブしてくれるっていうのに」

ぼくは彼から目をそらし、辺りを見まわしていた。

隣のレストランの女主人と話しこんでいる、この店の女主人。太った体を椅子の背中に預けきり、ほろ酔い加減でフランス語をまくしたてている中年女性の豊満な胸に、道で遊んでいた地元の子どもが突然飛びこんでくる。Tシャツとジーンズのウエイトレスに肩をマッサージしてもらっている白人の男。客と店の人間との境目などないに等しく、その多様さにおいても単純に数だけにしても、ぼくがここに来るようになってから間違いなく一番の賑わいになっていたが、今夜はその中に、あの日本人の女の姿は見えなかった。

「他所の国に行ったときは、基本的にその国の食べ物を食べるべきだとわたしは思うんだよ」

「それは、そのとおりでしょうね」ぼくは正面のビジネスマンに視線を戻し、そう答えた。

「たとえばアメリカ人、彼らはどこに行ってもまずマクドナルドを探そうとするんだ、わたしにいわせれば哀れとしかいいようがないね」

実際そんなアメリカ人がいるだろうか、とぼくは思った。それこそステレオタイピングじゃないですか？　そういおうとしたとき、地元の少年が一人、ぼくたちのテーブルに近づいてきて、料理の皿やビールのグラス、それにぼくが頼んだココナッツの間にできたスペースに、肩にストラップで掛けて抱えていた木製の箱を無造作に置いた。

同時に顔を上げたぼくとビジネスマンの前に、少年は無言のまま、箱の中、三段に仕切られた板の上に並べられている様々なフィギュアのライターを見せてくれた。

点火と同時に目がぴかぴかと光る裸体の女性。

口から火を吹くというオーソドックスなコンセプトの日本のゴジラ人形。中でも、可愛いペニスの先から水の代わりに火を発射する小便小僧のフィギュアにはかなり興味をそそられたが、残念ながら二年前に煙草を止めたぼくにはどちらにしても用はなかった。お土産を買っていくべき人がどこかで待っているわけでもない。

ビジネスマンもライターに用はないようだったが、ぼくみたいに首を振るだけでは終わらせなかった。少年が着ている汗の染みたFCバルセロナのユニフォームシャツを目ざとく指さし「サッカーが好きなのか?」と英語で訊いた。少年は少しだけはにかみながら、東洋人特有の、黒くて綺麗な瞳だけがやたらと目立つ細い目を嬉しそうに歪め、木箱の吊り紐を肩から外して、ビジネスマンの横の空いていた椅子に腰を下ろした。

この国の人たちの人懐っこさはこっちに来て最初の日からもう十分知らされていたものだったけど、それよりも、さり気なく会話の糸口を見つけるビジネスマンのソーシャル・スキルには、感服せざるをえなかった。彼にしてみれば、毎日のように国も人種も違う人たち相手に営業トークをして生計を立てているうちに自然に身についたものなのだろうが、おそらくぼくにとって、物書きという仕事を単純にキャリアと考えた場合、一番欠けているのがこれだろう。

どこから来たのか？　少年が黒目をくりくりと動かしながら流暢な英語でそう訊き、オーストラリアのビジネスマンが自分の国を伝え、向かいのぼくに目を移した少年に、自分はニュージーランド人だ、とぼくは答えた。「今はロンドンに住んでるけどね」

「オーストラリアにニュージーランドか、どっちにしてもサッカーはあんまり強くないな」少年はいった。

「最近はそうでもないぞ」ビジネスマンがいった。「まあうちの子は、クリケットの方が好きみたいだがね」

隣りあうと倍以上に見えてしまう、ビジネスマンの豊満と少年の華奢の差はある意味滑稽なくらいで、単に別の人種という以上の違いがそこにはあるみたいだった。

「でもロンドンに住んでるんなら、サッカーは盛んだろ？」少年がぼくに訊いた。

「ああ、凄いよ、みんな、ちょっとついていけないくらいだね」ぼくは答えた。

「どうして？　いいじゃないか、おれもサッカーが強い国に生まれたかったよ」

「この国のサッカーは弱いのかい？」ビジネスマンが訊いた。

少年は額に垂らした真っ黒い直毛をかき上げながら「ここは駄目さ、貧乏すぎるから」

貧乏。もしそれだけが理由なら、南米やアフリカや、貧しいといわれていてもサッカーが強い国はたくさんある。ぼくがそう指摘すると、ビジネスマンが、アジアの場合はちょっと状況が違うんじゃないかな、といった。

「状況？　どう違うんですか？」ぼくは訊いた。

「貧乏は嫌だよ」少年がぼくの問いを黙殺した。「この街も嫌いだ、本当はおれ、将来はお金貯めて田舎で暮らしたいんだ、でもこの仕事で入ってくるお金なんて、みんな家族の生活で消えちまってほとんど何も残りゃしない」

でもきみの英語はとても……といいかけたぼくの言葉を遮り「そうなんだ、わたしもそれがいいたかったんだよ」ビジネスマンがテーブルを叩いた。「その英語を生かした仕事に就くことはできんのかね？　こんな仕事、いや失礼、とにかくもっとこう、それだけの英語力があるのに勿体ないじゃないか」

「そりゃおれだってそうできればとは思うけど、でも駄目なんだ、この国でそういう仕事に就けるやつはそういう仕事に就けるやつだけでガチガチに固められちゃってるんだよ」

「ねえ、売ってるのはライターだけ？」

隣のテーブルから不意に声がして、ぼくたち三人が顔を向けると、いつの間にかそこに、例の日本人が座っていた。彼女は、椅子を二つ挟んで左横に位置しているぼくに微かに目で会釈を送りながら、サングラスは持ってないの？　と少年に向かって言葉を繋げた。彼女の段のついた黒髪は、ビジネスマンの縮れ毛よりも、無造作に後ろに撫でつけただけのぼくの赤茶けたくせっ毛よりも、そして少年のさらさらの直毛よりも短かった。白地に青い竜の柄のプリントTシャツ、細身のジーンズに包んだ脚を組み、ビジネスマンよりもぼくよりもそしてやはり少年よりも、小柄だった。

「あるよ」少年はそう答えながら、商売道具のケースを彼女の側に向けた。

並んでいるフィギュアのライターに隠れた隅の段に、折りたたまれて重ねられているサングラスが幾つか見えた。少年に渡されるままに何種類か彼女が手に取っていると、通りからきこえてきた黄色い悲鳴と一緒に、小さな女の子が少年に縋りついてくる。ほとんど突進するみたいな勢いで、少年の背中に体がぶつかるとき鈍い音が響くくらいだった。少年は一瞬驚いてしかめた表情を、女の子の顔を認めるとすぐに和らげて、この国の言葉で何事か喋りかけた。さっきまで英語で喋っていたときの彼とは、言語の種類が違うというだけでなく、トーンもイントネーションも別人の声のようにきこえた。

「妹なんだ」ぼくたちに視線を戻し、少年が英語でいった。

色の褪せたピンクのワンピースから伸びたその妹の腕と脚は、たった今まで道の上で転げまわっていたみたいに埃だらけだった。片方の足にだけ大きな男物のサンダルを引っかけ、もう片方は裸足だった。いたずらっぽい目つきでケースの中から小便小僧のフィギュアを取りだし、座っている日本人の膝に、埃まみれの手足を絡ませて甘えだす。驚いたことに、その妹に向けて彼女の口をついたのは、どうやらこの国の言葉だった。

夕べまでぼくに使っていた硬い英語とは違い、とても柔らかくて自然なイントネーションだった。妹は、肉感のまるでない痩せた体をワンピースの中で泳がせるみたいにくねらせながら、彼女に肯いた。

「幾ら?」彼女は少年に視線を移し、今度は英語で訊いた。そして、彼が答えた金額を手渡し、まだ自分に絡みついている妹に、少しだけ吊りあがった目を細めてまた何か喋りかけた。妹は、両手で抱えたフィギュアライターをテーブルにいる全員に見せ、兄にぶつかってきたときと同じ奇声を上げながら、片足に突っかけたサンダルをぱたぱたさせ、飛びはねるように道を走りさっていった。

「すまない」少年が苦笑いしながらいった。「お金は返すよ」

「いいのよ」彼女は首を振った。

「だって、あいつのあれのお蔭で、おれの家ライターだらけなんだ」

彼女は笑いながら「ただの、プレゼントだから」といった。

「じゃあせめてサングラス貰ってくれよ、欲しかったんだろ?」

そうね……いいかけた彼女の言葉を吹きとばすように、ビジネスマンが「どうだい？お嬢さん、もう少しこちらへ、食事は大勢の方が楽しい」

さっき妹が走りさっていった方向から、固まったはしゃぎ声がきこえてくる。若い東洋人たちが、男女連れだって向かいの店に入っていこうとしていた。必要以上に騒がしく交わしあっている言葉はこの国のものでも英語でもなく、彼らだけで徹底的に親密な空気を醸しだそうとしているようにも見えるし、逆に彼ら以外の人間たちを徹底的に排除しようとしているようにも見える。どちらにしても、この道を埋めている店の波、地元民、外国人、それら全ての中で徹底的に異質なものだった。

「ありゃ、日本人だな」微かに馬鹿にするような響きを滲ませて、少年がいった。「すぐにわかるよ」

「彼らは自分たちだけで固まりたがるからな」ビジネスマンがいった。「気持ちはわからんでもないが、他所の国まで来て残念なことだ」

「たぶん、ちょっと違うと思うな」彼女がテーブルに並べられたサングラスを試しがけしながらいった。「本当は彼らだってみんなと話したいのよ、ただ、英語が喋れないから」

「だが、この国の人たちは」ビジネスマンは隣の少年を指さし「この彼みたいに英語が喋れる人間ばかりじゃない、それでもコミュニケートしようとしてくるじゃないか」

「ねえ、あなたはとてもラッキーなのよ」

「ラッキー?」

「ネイティブのイングリッシュ・スピーカーにはきっとわからない、そんな、残念なことだ、なんて一言で片づけるようないい方、すべきじゃないと思う」

「あんたも、日本人なのかい?」少年が彼女に訊いた。

彼女はサングラスから少年に移した目に微かに笑みを浮かべ「日本から来たのか?っていう質問だったら、答えはイエスね」といった。

「どういうこと?」ぼくは訊いた。

「まあ、自分の国の人間を庇う気持ちはわからないでもないが」ビジネスマンがいいかけると、彼女は、別に彼らを庇うつもりはない、といった。

「じゃあ、何なんだ?」

「ただ、あなたが間違ってるっていってるのよ」彼女は黒いサングラスを手にして、これにする、と少年にいった。「本当に貰ってもいいの?」

少年はにこりと肯きながら「ねえ、あんたたち、恋人はいるんだろ?」その突飛で素朴な質問は、彼女の言葉に害されかけていたビジネスマンを喜ばせるのに十分な効果を生んだらしい。そういうきみはどうなんだ? ビジネスマンは野太い声で笑いながら、空になっていたグラスにビールを注ぎたした。

少年はぼくに顔を向けて「あんたは?」と訊いた。ぼくは肩をすくめて首を振った。ビジネスマンが、自分は妻も子どももいる身だ、といって、頭のてっぺんからテーブルに載せている手の先まで、体じゅうを波だたせながら笑った。

「じゃあ……」少年はよく動く黒目をちらりと彼女に向け、そして少しだけ寂しそうにそれを細めながら「この国の女の子たち、結構たくさん日本人の男と結婚して出ていったよ、でも、逆はほとんどあり得ないね、おれにも前ちょっとつきあってた子がいたんだけどさ……」

あ……！

彼女がほとんど声にならないような短い声を漏らした。

見ると、彼女の小さな顔から表情が消えていて、血の気まで失せ、大きく見ひらかれたその目は、向かいに座るビジネスマンと少年、通りの反対側で騒ぐ日本人の若者たちを超え、どこか遥か向こう側まで行ってしまっているように見えた。

ようやく彼女の震える唇からきこえてきたのは、どうやらたぶん、この国の言葉。

「何ていってるんだ？」ビジネスマンが少年に訊いた。

「お願いやめてっていってるよ」

「やめてって何を？」

少年は首を捻りながら肩をすくめた。

次の日も、空港の状況に変化はなかった。空高く居すわる太陽の存在感はあまりにも強烈で、ぼくが暮らしているロンドンのそれと比べると、同じ惑星の上で同じ恒星の光を浴びているとはとても信じられないくらいだった。初めの数日は頻りに愚痴をこぼしあっていた外国人たちにも、ほとんど諦めに近い空気が流れだしていた。おそらく観てまわる場所も尽きたのだろう。みんな太陽から逃げるようにホテルやレストランやインターネットカフェの奥に潜り、どこにも行かず何もせず誰とも喋らず、ただぼんやりと時をやり過ごす姿が多くなってきた。ぼくは何となくそんな彼らと一緒にいるのが嫌で、食事をする時間以外はほとんど一日中バイクに乗って走りまわっていた。別にこれといった目的地はなかった。意識していたことといえば、左折禁止の標識を見おとさないようにするくらいだった。市場に行ったり橋の上から一時間に一本しか走らない電車を眺めたり川沿いのベンチに腰を下ろしたりしているうちに陽が落ち、夕食時にはホテルに戻りいつものレストランに行った。オーストラリアのビジネスマンも日本から来た彼女の姿も見えなかった。ただライター売りの少年がまたやってきて、二人で少しだけ話をした。あんたの仕事の話をしてくれないか、と訊いてくる少年に、ぼくは、ちょうど鞄の中にくしゃくしゃの状態で入れっぱなしになっていた原稿を、よかったら読んでみてくれ、といって渡した。少年は礼をいってそれを受けとりながら、夕べのジャパニーズ・ガールはどうなったんだ？　とぼくに訊いた。ぼくは曖昧に首を傾げた。きみはこの国を出てみたいと思うか？　とぼくは訊いた。少年は、もちろんだ、と答えた。ただ旅行で出るんじゃなくてこの国を捨てるという意味だ、とぼくはいった。少年は寂しげに微笑み、曖昧に首を傾げた。

『三月二十五日付け発行の臨時号で、自分は、音楽には「音楽」以外のものは求めたくない、と書いた。それはたぶんずっと小さい頃からそうだったし、もちろん今も変わっていないし、今後もきっと変わりそうにない。別にそれが正しいとか間違えているとかではなく、一方で、心の中の隙間を埋める代替となるものを「音楽」に求める接し方もあることを認めた上で、自分は、そういう形では「音楽」を捉えることはできないし、それで構わないと思っていた。

一応断っておきたいのだが、自分は心の底から「音楽」を愛している。おそらく、その度合いはちょっとやそっとのものじゃない。そして、このコラムのコンセプトの中心には、その「音楽」が据えられているわけであって、これまで様々な国、様々なタイプの「音楽」を取り上げてきた中で、かなり好き勝手にほとんど雑食的に、できるだけ客観的に、でも時には主観を入れまくり、それでもその「音楽」に対する「愛情」だけは、首尾変わらずに貫かれてきたのではないかと思う、のだが……

ステージに立つ子たちは、終始にこやかな表情を崩さずに、懸命にプレイを続け、歌を歌う。その「懸命さ」をまるで暖かく包みこむかのように、フロアの客たちは、優しげな笑顔を浮かべてステージを見まもっている。熱い演奏とキャッチーなメロディーが、予定調和のように訪れるサビへと曲を導く。リフレインされるメッセージに散りばめられた、希望溢れる、日本語ではなく英単語の数々に安心を得ているのか、次第に弛緩していくフロア中の空気。間奏に入り、最前列に立つ子たちが送る拍手は、ステージの前面で髪を振りみだしてソロを取るギタリストを応援しているように聴こえる。曲が終わると、間髪入れずに繰りだされる親しげなＭＣ（さすがにこれは日本語だったが）。フロアの子たちから親しげな笑い声が上がる。ステージの子たちも嬉しそうにそれに応える。

どうやらそこは、音楽を聴くための場所ではなかった。そこに流れるのは、たとえていってみれば、インターネットの出会い系サイトなどとほとんど同じような空気。

プロでもアマチュアでも誰かのライブを観にいったとき、自分は、ステージの上の誰かを「励ましたい」と思ったことはない。逆にたとえば自分が演奏する側に回ったとしても、たぶんステージの上から「頑張れ」とメッセージを送りはしないだろうし、自分のことをフロアから優しく見まもっていてほしいとも、おそらく思わない。

もちろん、みんなと同じ時間を共有できる一体感というのは、ライブを観る（演る）上での一つの醍醐味ではあるが、そこに「誰かと分かち合いたい寂しさ」というものを感じてしまうのは、個人的に、それこそとても「寂しいこと」と思わざるをえない。くどいようだけど、自分にとって、音楽はあくまでも音楽、それ以上でもそれ以下でもないのだ。だけどこの国における音楽にとって、この「寂しさ」こそが現実だとしたら、自分が求める音は、ここにはどこにもないのかもしれない……』


「音楽を文章にするのって、どう?」

「……簡単では、ない、ね、たぶん、基本的には……」

「基本的には?」

「不毛な行為だと思うよ」

「そう?」

「音楽はしょせん、音楽だからさ、それ以外の何ものでもない」

「日本国内のコンクールでね、わたし、優勝したのよ」

「音楽の?」

「そう」

「それってロックバンドか何かかい？　ソロで？　それともブラスとかオーケストラ？」

「発表のときにさ、ノミネートされた人間は並んで最前列の客席に座らされてたんだけど、わたしの隣には前の年に優勝した男が座ってたの、もうその世界じゃ結構有名なプレイヤーで、当然今回も彼が優勝候補の筆頭だった、で、発表があったとき彼は、本当に文字どおり穴が空くくらいにわたしの顔をまじまじと見つめて、わたしは表彰を受けにステージに上がらなくちゃならなくて、座ってるその彼の膝の前をごめんなさいっていって、そうしたらそのとき……」

「そのとき？」

「何人の審査員に抱かれたんだ？」

「彼が、そういったわけ？」

「わざと、きこえるように、ね」

「わざと、きこえるように……」

「きっと、そのときからなのよ、それがたぶん、初めて」

「初めてって、何が？」

「その彼のね、表情が、というよりも顔つきが急に変わって、嫌な感じに目が据わったって思う間もなく、突然わたしを殴りつけてきたの、それも一回だけじゃなかった、二度も三度も、わたしは一瞬本当に気が遠くなりかけて、顔を上げると、実際に彼の膝の上に崩れおちていて、取りあえず元に戻った視界の中で、その男、いかにも心配げな顔でわたしのこと起こしてくれたけど、でもわたしの体は、彼に殴られた痛みをはっきり覚えてたの」

「……どうしてなんだろうな」

「それを見たことが？　それとも痛みを覚えてたこと？」

「ぼくは、常にシンプルでありたいと思っている、ぼくはぼくで、きみはきみだ、そうだろう？」

「何だか妙に、安心させられる言葉ね」

「そしてきみがプレイする音楽も、音楽以外じゃないはずなのに、あっちゃいけないのに」

「ねえ、わたしたち知りあって間もなくて、あなたはあなただっていうそのあなたのこと、まだよくわからない」

「知りたいと思う?」

「興味は、あるよ」

「ぼくもね、ぼくもきみのこと知りたい」

「わたしはわたしで、あなたはあなた、でもきっと、それを知るのに、時間は大した役には立たないのかも」

「少なくともぼくは、きみを理解するのに、きみはきみっていう以外のものを無理に含ませることは、できるだけ避けたいって、思う」

「わたしはわたしっていう以外のものって、たとえば?」

「たとえばそれは、うん、たとえば自分が所詮孤独な存在だってことから来る寂しさだとか、その寂しさをきみに埋めて貰うための期待だとか、きみより優位に立ちたいっていうプライドだとか、そのプライドを傷つけられたときに生じるかもしれない悔しさだとか嫉妬とか……」

「寂しさと、期待と、プライドと、悔しさと、嫉妬と……」

「寂しさは寂しさ、それだけだよ、それ以外の形にはできないしすべきじゃない、ぼくは寂しかったら寂しいままでいいし悔しかったらひたすら悔しがってる方がいい」

「シンプルに、ね？」

「そう、シンプルに、それを無理にそれ以外のものにしようとすると、その優勝候補の男みたいなことがきっと起きるから」

「もしかすると、そういうのを全部ひっくるめて、暴力っていうのね」

「暴力？」

「そう、暴力」

「ちょっと、その言葉は飛躍しすぎ……」

「しかもそれは、ここにいる限り、形を変えてどこにでも起きるものなのね」

「ここって……？」

「ここのことよ」

「ひょっとしてきみは、何人の審査員に抱かれたのかって悔しさまぎれにいうのと、人を殴りつけたり襲いかかったりする暴力と、みんな同じレベルのものだっていいたいわけ？」

「……ねえ、なぜ、あなたは音楽を文章にするの？」

「ぼくはただ、よい音楽をできるだけ多くの人に伝えたいだけなんだ、そのためには、文章が有効な役割を果たすこともある」

「音楽以外のものは、そこに加えていない？」

「……できる限り、ね」


皿の上のバナナパンケーキのちょうど半分くらいまで光が落ちてきていて、影との境目を縫うみたいに蝿が一匹飛びまわっている。店の女の子が、ひさしをもう少し出そうかと訊いてくるのを、ぼくは首を振って断った。白く揺れる陽炎の向こうから、朝の買出し袋をぶら下げたバイクが通りを走ってくる。他の外国人客たちは、光に当たることに三秒と耐えられない土中の昆虫のように店の奥の方に潜りこんでいた。ここまで強烈な太陽に照りつけられた状態で朝食をとることにみんな疲れきってしまっているようだったけど、ぼくは、少なくともぼくが暮らしているロンドンでは考えられないこの行為を、もう少し楽しみたかった。

「グッモーニン」間延びした英語と一緒に近づいてきた新聞売りから、ぼくは二日前の日付のニューヨーク・ヘラルド・トリビューンを買った。蝿を手で払い、あまりよく切れないナイフで千切ったパンケーキを、あまりよく刺さらないフォークに乗せて口に運ぶ。目を細めて白く反射する文字を追っていた紙面の上に人の影ができ、顔を上げると、オーストラリアのビジネスマンが白い頬に笑いとも何とも取れない皺を弛ませて立っていた。

「構わんかね?」

ぼくはバナナを口に入れたまま肯き、テーブルの上の皿とココナッツを自分の側に寄せてスペースを作った。新聞を畳もうとすると、邪魔するつもりはないそのまま続けてくれ、と彼はいい、ぼくの向かいの椅子にどすんと腰を下ろしながら、近よってきた女の子にコーヒーを一杯注文した。「どうだい、今日もまた暑くなりそうじゃないか」

「……そうですね」ぼくは、新聞から顔を上げずに答えた。

「ついさっき、フルーツサラダを食べてきたばかりなんだ、それにはバナナは入っていなかったが、そのパンケーキはどうだ? うまいかね?」

「……ええ」

「やはり、この国の果物はみな新鮮でいい」

「……そうですね」

「今日はこれからどうするんだ? どこか予定があるのかね?」

ぼくは軽く息をつき諦めて新聞を畳んだ。「今日も、飛行機は駄目ですか?」

ビジネスマンは首を振った。「向こうの通りで喧嘩があってね」

「喧嘩?」

「喧嘩というか、遠目で見ていたから詳しくはわからんが、どうやら外国人の旅行者が、物売りの現地人に食ってかかったらしい」

「手を、出したんですか?」

「そうらしいね、でも気持ちはわからんでもないよ、とにかく、こんなに苛々させられちゃあね」

「でも、ぼくら外国人の苛々と彼らとは何の関係もないですよ」

「もちろんそうだが、それにしても、一体、この国の人間は事態を解決する気があるのかどうか、わたしにはわからんよ」二日前、臨時休暇だと思ってこの状況を楽しむ、といった余裕は彼の表情から消えていた。運ばれてきたコーヒーを何もいわずに受けとり、斜め向かいのホテルを見あげて「例のジャパニーズ・レディーは、どうしてる?」

ホテルの三階の窓ガラスが、まだ朝八時のそれとは思えない太陽の光をぎらぎらと反射させている。

「いえ、ぼくも一昨日から会ってないですね」

「彼女は、どこか悪いのかね？」ビジネスマンはそういってぼくに視線を戻した。

あの夜、当たり前のことだけど、少年はかなり驚いていた。ビジネスマンは努めて平静を保とうとしながら、ビジネスをしているみたいに、ぼくに、彼女をホテルに連れかえるよう指示を出した。どうしてぼくが？　と思わないではなかったが、ぼく自身慌ててもいたし、結局いわれるままに肘の下に手を入れて彼女を立たせ、斜め向かいのホテルに二人で向かった。三階の彼女の部屋の前まで来るとようやく少し落ちついたらしく、彼女は廊下に置いてあるソファを目で静かに示し、ぼくたちはそこに並んで腰を下ろした。彼女がぼくに礼をいって立ちあがり自分の部屋に消えるまでどのくらいの時間だったたろう？　とにかくぼくたちはそこでしばらく話をし、ぼくが一人でホテルを出たときはすでに夜中をまわっていて、向かいのレストランは店じまいをはじめていた。ビジネスマンと少年の姿はもうなかった。

――それは、ここにいる限り、形を変えてどこにでも起きるものなのね……

ホテルの廊下のソファで彼女と交わした会話が頭の中に甦りかけたけど、それをここでビジネスマン相手に繰りかえす気にはならなかった。

「気になりますか？」ぼくは質問に答える代わりに質問を返してみた。

「いや」ビジネスマンは肩をすくめ「プライベートなことに無神経に立ちいるべきじゃないだろう？」

その言葉に、ぼくは曖昧な笑顔を返した。立ちいる「べきじゃない」といえばきこえはいいけど、実は「立ちいりたくない」のが本音ではないかという気がしなくもなかった。面倒臭いからなのかひょっとしてそれを怖がっているのか、そこまではわからなかったけれど。

取りあえずぼくは、ビジネスマンから逸らした視線をパンケーキに落としたまま、ぼく自身、この国に来る前に仕事で日本にいたこと、そしてそこで味わった経験について彼に話をはじめた。

ロンドンで音楽ライターを生業にしているぼくは、イギリスのあるテクノミュージシャンのアジアツアーに同行して日本にも立ち寄った。ぼくにとっては初めての日本だった。ロンドンでいうパブのことだが、お酒を飲みながらアマチュアミュージシャンの生演奏が聴ける小さなスペースのことを、和製英語でライブハウスというらしい。どの国に行ったときにも欠かさずしていることだが、現地の、まだプロフェッショナルになる前の生の音を求め、ぼくはメインの仕事の合間を縫い、その「ライブハウス」巡りを毎晩繰りかえした。いや、繰りかえすつもりだった。だけど東京で四日間、どの店に行ってどの演奏を聴いても自分の中に湧きあがってくる奇妙な感覚に戸惑った挙句、ぼくは「ライブハウス」巡りを中止した。というよりも、中止せざるをえなかった。そんなことは、音楽ライターになってからこれまでにないことだった。ぼくが契約しているある世界的なレコードガイドブックの日本版の編集者に、ぼくがコラムとして書いたその奇妙な感覚は理解してもらえなかった。それどころか気分を害しただけだったらしく、結局ぼくの文章はボツになった。ぼくはそれ以上日本に留まりつづける気になれず、ロンドンのエージェントにツアーから離れる旨を一方的に連絡して、そしてほんの気分転換の寄り道程度のつもりで何となくこの国に来たのだった。

「お揃いなのね」

いつのまにか、テーブルの横に彼女が立っていた。白地に青い竜の柄のプリントTシャツと細身のブルージーンズ、一昨日の格好と変わっているところといえば、小さな顔に黒いサングラスがかかっていることだけだった。右の肩に小さなデイパックを下げ、脇には、そのサングラスを彼女にあげた例のライター売りの少年を連れていた。少年は、元々そこで一緒に食事をする約束をしていたかのように軽く手を上げ、ビジネスマンの隣に腰を下ろした。最初、いつも着ているFCバルセロナの臙脂と青の縦縞がやけに大きく見えたが、それは彼が珍しく手ぶらでいたせいだった。

「おれたちも、お揃いなんだ」少年が自慢げにそういい、彼女はその言葉に笑いながら、ぼくの隣に腰を下ろした。

「今日は、仕事は?」ぼくは少年に訊いた。

少年は痩せた肩をすくめて、首を振った。

「ホリデイか?」ビジネスマンが訊いた。

通りかかった店の女の子を、少年はこの国の言葉で呼びとめて喋りかけた。そのまま二人は少しの間ぼくたちにはわからないやり取りを続け、何か冗談めいたことをいったらしい少年の肩を、女の子の方が笑い声を上げながら軽く叩いた。その女の子に差しだされたコップ入りのお茶を少年は一口で飲みほしてテーブルに体を向けなおし、ホリデイか? というビジネスマンのさっきの問いへの答えなのか、そんなものおれたちにはないよ、と、ようやく、英語でいった。

「じゃあ、これから仕事?」ぼくが訊いた。

「実はさっきあっちの通りでさ」少年はそういいながら、親指を左横に向けた。ビジネスマンが泊まっているホテルの方向だった。「ちょっとしたトラブルがあってね」

「トラブル?」ビジネスマンがふと表情を曇らせた。

「外国人にからまれたんだ」

ビジネスマンとぼくは顔を見あわせた。そして言葉に詰まっている彼の代わりに、喧嘩でもしたのかい？　とぼくが訊くと、少年は黒い瞳を細めて「体は何もないよ、ただ……」

「ただ……？」

「商売道具のケースが道に落ちてね」少年はそこで言葉を区切り、木箱に擬したテーブルの上の空間を手の甲で払い、それが足許に落ちて飛びちる様を身振りで示してみせた。

「何もかも、粉々さ」

「どこの人間だった？」それが一番大事なことででもあるかのように、ビジネスマンがテーブルに身を乗りだした。

「それって国のこと？」横から彼女が口を挟む。

「イエス」ビジネスマンは答えた。

「たしか、オーストラリア人だったよ」少年がいった。

大きな手をくしゃくしゃの縮れ毛の中に入れ、ビジネスマンは天を仰いだ。今にも

「ゴッド！」とでもいいかねないような様子だった。「何といえばいいのか、本当に申し訳のないことを……」

「あなたが謝ることじゃないでしょ？」

たぶん彼女はこの言葉を、あなたが謝っても意味はない、というつもりで口にしたのだろう。でもどうやらビジネスマンは、自分が謝っても「意味」がないのではなく、自分が謝る「必要」はない、と彼女に、いわば慰められたと解釈したようだ。

「いや、謝らせてくれ、同じ国の人間としてこんなに恥ずかしいことはない」

「いいんだよ、別に」少年は困ったように苦笑いを浮かべた。「この国のローカル意識は、きっとあんたたちの国とは比べ物にならないくらいに強いからさ、その人、すぐに周りにいた男たちに体を押さえられて連れてかれちゃった、おれを雇ってるボスのところに、そこで弁償させられるんだ、いつもおれはそこまでは立ちあわせてもらえないけど、でもこれだけは間違いない、元値なんて遥かに超えた金額払わされてるよ、ちょっと気の毒になるくらいのはずさ、まあお蔭でおれも今日一日仕事にあぶれる羽目になっちゃったわけだし、そのくらいは仕方ないよね」

「あぶれてないでしょ？　わたしが代わりに仕事頼んだじゃない」彼女がそういうと、少年は頭を掻いてはにかみながら肯いた。

「仕事を頼んだ？」全く話が読めない、といったビジネスマンの表情。

「どういうこと？」彼の言葉を引きついで、ぼくが訊く。

「そういえば、今日も飛行機は駄目なの？」誰にともなく彼女がいった。

「まだ当分、望みは薄そうだな」ビジネスマンが答えた。

「じゃあ」彼女はぼくに顔を向けて「今日は空いてる？」

ぼくには一瞬、彼女が何をいっているのかわからなかった。

彼女はにこりと笑い、デイパックのサイドチャックを開け、皺が伸ばされ綺麗に折りたたまれた二枚のプリントペーパーをぼくの胸に差しだした。

「読んだよ、それ」彼女はいった。

「え？　ああ、それは……」ぼくは言葉に詰まり、向かいの少年を軽く睨みつけた。

「何かね？」ビジネスマンが訊く。

「ひょっとしてラブレターじゃないの？」からかうように嬉しそうな声を上げる少年に、ぼくは、やめろよ、と首を振った。

「じゃあ、一体何だい？　それは？」ビジネスマンまでがにやにやしはじめる。

「いや、さっき話したじゃないですか、日本の音楽ガイドに書いたぼくのボツ原稿です」

妙に言い訳口調になってしまっているのが自分でも嫌だったが、この、おそらく敏腕営業マンと思われるビジネスマンに自分の仕事の中身が知られることへの漠然とした抵抗感が、どうにも拭えなかった。「昨夕べ、彼がぼくの仕事の話を訊いてくるもんだから」と少年のからかい顔を指で差し「何となく、たまたま手元にあった原稿を渡しましてね、まさか、それをまた人に渡しちゃうなんて……」

「あなたに、仕事の依頼をしたいのよ」彼女の言葉は、ぼくのそれと比べると、嫌になるくらいに明確だった。硬めのアクセントの英語ということだけが理由では、おそらくない。

「ごめんごめん、悪いとは思ったんだけどさ」少年はまだ笑っている。「でも、その原稿、おれ、気にいっちゃったんだよ、文章書く人と知り合いになれるなんて初めてだから嬉しくてさ、実はさっきの喧嘩のとき、最初に止めに入ってくれたのが彼女でね、そのお礼っていうんじゃないけど、ポケットの中にそれ入れたまんまで、他に何も持ってなかったし」

「仕事って、どういうこと?」少年の言葉には取りあわず、ぼくは彼女に訊いた。

「わたしの音楽を、文章に書いてもらえないかと思って」

「きみの、音楽?」ぼくの頭にまた、ホテルの廊下のソファで彼女と交わした会話が甦ってきた。

「今日これから、ちょっとつきあってほしいの」

「物書きの次は歌手と知り合いになっちゃったよ」少年が声を上げる。

彼女は手を振って「違うよ、歌手じゃない」

「いいなあ、歌手なら一杯お金持ってるんだろ?」

「だから……」

「きみはなかなか可愛いらしいからな、男の子に好かれそうな顔してる」ビジネスマンが皺くちゃな顔で笑う。

突然、蒼白になった顔をサングラスごと両手で覆い、彼女はまるで、向かいのビジネスマンと少年二人から庇うようにテーブルから退いた自分の体を椅子の上で縮こませた。

「………!」小さく口から漏れたのは、この国の言葉。

「また、かい?」ぼくはそう訊きながら彼女の顔を覗きこんだ。手を置いてみると、彼女の肩は、甲羅に逃げこんだ亀みたいに硬直していた。

「大丈夫」彼女は額にずり上げたサングラスの下の目を瞑って首を何度か振り、二、三度大きく深呼吸をしてから、ゆっくりと顔を上げた。「もう、消えたから」そう囁いた彼女の声はたぶん、テーブルの向かいで相変わらず軽口をいいあっているビジネスマンと少年にはきこえなかっただろう。

ぼくは、色を失った彼女の顔を見つめる以外、何もすることもいうこともできなかった。彼女は静かに、今日これから行こうとしている場所のことを話した。この国の農業生産に豊富な恵みをもたらしている巨大な川に浮いた島の一つ、そこにチェロを弾きにいくからぼくにそのことを書いてほしい、と。

「きみは、チェリストだったのか」ぼくは呟いた。

「チェロってどんな楽器だっけ?」屈託のない声で割りこんでくる少年。

「その島に何があるの? どうしてそこでチェロを?」ぼくは訊いた。

まださっきのショックが残っている表情に微かに笑みを浮かべて、彼女は、一緒に来てくれれば途中で話すから、といった。

「で、おれは、そこまでのガイドを頼まれたってわけ」少年がいった。

「この子のガイドのことだが」ビジネスマンが、隣の少年の肩に手を置き、そして向かいの彼女の顔を正面から見すえ、これ以上にないくらいのビジネスライクな口調で「わたしに、そのガイド料を払わせてくれんかね?」次に少年に目を向けなおし「きみの商売道具を駄目にしてしまった同じオーストラリア人として、せめてものお詫びに、きみの一日の稼ぎ以上のものを補償させてほしい」

「てことは、あなたも一緒に行くってことですか?」ぼくは眉をひそめた。

彼女が少年に目で訊ねると、少年は肩をすくめて、別にお金の出所はどこだって同じさ、といった。「あんたのチェロが聴ければ、おれはどっちでもいいよ」


街の中心部を抜けるまでは、緊張のしっぱなしだった。

僅かでも空間があれば、地下の坑路に流れこむ水のようにバイクがこじ開けて入りこんでくるし、信号で数秒出おくれた途端、どこか次元の違う場所からタイムワープしてきたみたいに、三台、四台、とバイクの後ろ姿が目の前に現れる。外から見たら、周囲の空間を隙間なく無数のバイクに取りかこまれ埋めつくされているこの車が、犬の群れに引っぱられる橇か荷車のように見えるかもしれない。車を進めているのはエンジンを駆動しているはずのアクセルに置かれた自分の足ではなく、周りを囲んでいるバイクたちが向かっている方に、ただ引きずられているだけなのではないかという錯覚すら覚えてくる。

「この街は、バイクで走ってた方が楽ですね」助手席の後ろに座っているビジネスマンに、ステアリングを握りしめたまま、ぼくはいった。

「じゃあさ、おれに運転させてくれよ」助手席の少年が、興奮気味に声を上げる。運転はできるのか、とぼくが訊くと、少年は首を振って、車に乗ること自体これで三度目だ、といった。「でもやっぱりいいな、おれも金貯めて絶対車買うんだ」

ビジネスマンが、すまんすまん、といって笑い声を立てる。「この状況がわかってたからね、きみに運転を頼んだわけだよ」

「ねえ、このジープ、幾らするの?」少年が振りかえってビジネスマンに訊ねる。

「かなり旧型だからそれほど値が張るとは思えないが」バックシートで首を傾げるビジネスマンの姿が、ルームミラーに映った。その横には、チェロが収められたハードケースが映っている。「どっちにしても借り物の車だからはっきりした値段はわからんよ」

「こんな幌なんか外して走った方が気持ちよさそうだな」頭上の布の屋根を手の平で撫でながら、少年がいった。

ビジネスマンはまた笑い「壊れてるんだ。悪いがオープンにはならんよ」

「でも、大丈夫なの?」運転席の後ろ、チェロを挟んでビジネスマンの反対側から彼女の声がする。「会社の車、こんなプライベートなことに持ちだしたりして」

ルームミラーのビジネスマンが今度は肩をすくめて「今日は日曜日だよ」といった。「それに、この空港閉鎖騒ぎのお蔭で、ほとんど仕事にならん状態でね」

「とにかく、ありがとう」彼女はいった。「彼にガイド頼んだのはいいけど、でも車がないと結構苦労する場所だから」

「あ、次の信号、左だよ!」少年が叫ぶ。

急ブレーキに近い停車にクラッチを切るのが遅れて、旧式のギアががくんがくんと音を立てて車を揺らした。

「どうしたんだよ? 左だってば」

「いや、ここ、左折禁止じゃないよね?」

ぼくのその言葉にビジネスマンが愉快そうに笑いだし、そして、ぼくが左折禁止の交差点に神経を遣う理由、ぼくと初めて会った夜のことを、芝居がかった口調で少年と彼女に説明しはじめた。

その話の間も、一人フロントガラスを睨みつけたまま、車を囲むバイクたちを相手にがちがちに固くなっていたぼくの肩に、ふと背中からビジネスマンが手をかけてくる。

「ガソリンは大丈夫か?」

それまで前方以外に視線を向ける余裕などほとんどなかったのだけれど、ダッシュボードに目をやるとたしかに、フューエル・メーターの目盛りの針がゼロ近くでかたかたと揺れていた。走りつづけてきた国道はようやく市街地から抜けかかっていて、多少開けだしていた視界の先に、だだっ広いスペースを使ったガソリンスタンドが見える。

「あそこに停まっていいですか?」首を斜め後ろに捻ってビジネスマンにそう訊ねた後で、許可を求めるような訊き方をしてしまった自分が情けなかったが、この状態から少しの間でも抜けられるのがありがたいことは間違いなかった。

次々に脇を追いぬいていくバイクの切れ目を狙って、車の進路を道から外すのがまた一苦労だった。どうにかスタンドの中に入ることに成功し、給油機の脇に車を横付けにして、寄ってきた店員の男を押しのけるように、後のことはビジネスマンと少年に任せて、ぼくはさっさと外に降りた。用を済ませてトイレから出ると、彼女が、スタンドのひさしの陰から、サングラスをかけた目を空に向けて立っていた。近づいてきたぼくに顔を下ろし、お疲れさま、と声をかけてくる。出発してから一度も、声をきくだけで彼女の顔を見ていなかったことをぼくは思いだした。

「大丈夫?」濃いサングラスに隠れた彼女の目が、どういう表情をしているのかはわからない。

「どうにかね」ぼくは答えた。

「もうしばらく進めば、少しはバイクも減ってくると思うよ」

「だといいんだけど」

バスが一台入ってきて、ぼくたちのジープの後ろの給油機に停まった。外国人向け団体ツアーの観光バスのようだったが、中から出てきた客は、年配の白人がちらほら、ほんの数えるほどしかいない。

「きっと、観光どころじゃないんだろうね」

外からも入ってこられないことを考えると、今この国に残っている外国人のほとんどが空港閉鎖の前に来ているはずだった。彼女のいうとおり、いつ帰国できるのか待つ以外にないような状況の下で観光に出かける気分になれるのは、お金に余裕があるか、あるいは、日程がここまで狂っても、帰った後の自国での生活への影響を心配する必要がほとんどないか、そのどちらかだろう。

道端にできていた水溜まりに、三羽のアヒルが嘴を浸していた。白人の夫婦らしき二人連れが、そのアヒルたちにカメラを向けるのを遠目に見ながら、彼女が笑みを漏らす。

「たしかに可愛いけど、こんなただのガソリンスタンドで写真撮らなくてもいいのに」

お金と時間だけじゃなくてフィルムも余ってるんだよ、とぼくがいうと、彼女は、なるほどね、と軽い声を立てて笑った。

「水溜まりができてるってことは、雨でも降ったんだろうか」

いつのまにかジープから出ていたらしく、少年が小石を投げつけてアヒルを逃がしてしまい、白人夫婦に渋い顔をされている。

「今は雨季だからね、ここ何日か雨がないことの方が不思議なのよ」彼女はいった。

トイレから出てきたビジネスマンが、そろそろ出発しよう、とぼくたち二人の後ろから大きな声をかけてきた。

「きみは、この国に何度も来てるの?」

ぼくの問いがきこえたのかどうか、ひさしの陰から外に出た彼女は、急速に色を濃くしていく太陽と空から逃れるように、小走りでジープへと向かっていった。

再び車に乗りこみ、またひたすら、国道を南へ下る。

彼女の言葉どおり、バイクの数はようやく減りだしていたけど、周囲の風景は、予想していたほど劇的には変わらなかった。道から遠く離れた所まで隙間なく視界を埋めつくしていた、醜悪といってもいいくらいに乱建築されたビルの群れは、たしかに姿を消した。代わりに目だちはじめたのは、椰子やマングローブ、バナナにベンジャミンにガジュマル、その他、ロンドンでは植物園かインテリアショップでしか見ることのできない濃い緑の木たち、そしてそれらに負けないくらいに、少しずつ広がりはじめた水田の緑も目に痛いほどではあった。だけど、それでも取りあえず、国道に直接面している緑の部分には、ほとんど途ぎれることなく、何かしらの建物が続いていた。カフェ、簡易食堂、バイク屋、ガソリンスタンド、米の倉庫らしき建物、エンジン工場らしき建物、廃棄物処理場らしき建物、それから無数の民家の群れ。

ときどき不意に、空間が四方に開けて、芝とブッシュと低木が生えているだけの土地に出くわしたりもした。敷地内の所々に看板が建てられていて、書かれている文字は「別荘開発用地」だと少年が教えてくれる。吹きぬけになった道に土埃が舞い、高い角度に上りきった真昼の太陽の下で目の前が赤茶色に染まって見えた。冷房のないポンコツジープの窓をこの暑さの中で閉めきるわけにもいかず、車の中の空気が道と同じ赤茶にくすんでいく。対照的に深くて青い空、それをバックにシルエットを作っているのは、遠くに聳える鉄塔と、飛び交う鳥と、それから凧揚げの凧だけだった。

次第に、小さな橋を渡る回数が増えていく。そろそろ河口が近くなり、大小の支流が複雑に入りくみだしたということなのだろう。そういった橋のそばでは、道沿いに建ちならぶ民家や建物の群れが、そのまま川の水の上まで覆いかぶさるように続いていた。舗装が途ぎれたりすることはなかったが、道が橋にかかったときだけは、橋桁との継ぎ目をうまく繋ぎあわせる技術がないのか、かなり高低の激しい段差を上下することになる。固くて扱いにくいステアリングと遊びがほとんどないブレーキを駆使しながら、ぼくは慎重に車を進めていたが、それでも一つ橋を渡る度ごとに車の中の揺れはかなりのものだった。

「みんな、大丈夫?」ぼくは訊いた。

「大丈夫って、何が?」少年の声にはまだ、この思いがけないドライブ旅行への興奮が残っている。

「きみのことは心配してないよ」ぼくは前を向いたまま、運転席の後ろ、あまり口数の多くない彼女を親指で差した。

「大丈夫よ、空を見てただけ……」

「ねえ」助手席の少年が後ろに体を乗りだし、彼女に向かって「日本人って赤ん坊のときから生魚が主食なんだろ?」その言葉にぼくは思わず吹きだした。「だってみんなそういってるぜ」少年が諦めずにいう。

行く先の橋の継ぎ目がこれまでにも増して段になっているのがわかり、その直前でぼくは急ブレーキを踏んだ。慣性に押された車内が前方に傾き、シートベルトを着けている人間など誰一人としていなかったから、ぼくはステアリングに、助手席の少年はダッシュボードに、そしてバックシートの二人は前の座席の背中に頬や額や胸をぶつけ、一瞬間を置いてフロントガラスまで飛んできそうになったチェロケースのネックの部分を、少年が慌てて押さえて止めた。口径の大きなラジアルタイヤが、直線にカットされたアスファルトから下のアスファルトへほとんど垂直に落ちきるまで、車の中の四人にさらに振動を与えながら、大きく沈んだ。

太陽の光と空の色はさらに濃く、いつのまにか風が強くなりだしていて、葉の尖った熱帯植物や水田の緑が、ジープの外側の視界を波のように揺らしはじめている。道の脇、囲いも何もないただのスペースで、牛がのんびりと足許の草を食んでいたりもした。バイクの数が減ったのはいいが、代わりに物凄いスピードで後ろからやってきた車が、けたたましいクラクションとともに、センターラインオーバーどころか平気で反対車線走行をしながら追い越しをかけていくのだからたまったものではない。脇を抜かれるたびにステアリングが振られる気がするし、かといって追いこされないほどにスピードを上げるには、車の性能も自分の慣れも悲しいくらいに足りず、結果、バイクだらけの市街地を走っていたときと、質こそ違うけれどほとんど同程度の緊張を強いられる運転を続けなければならなかった。

「わたしは、日本で生まれたんじゃないの」ぽつりと漏らされた彼女のその言葉にぼくはつい後ろを振りかえってしまった。その拍子にステアリングが滑り、車内がまた、今度は縦じゃなくて横に揺れた。「だから主食は魚じゃなかったよ」

「日本人じゃないってこと？」少年が訊いた。

「母親は日本人だから、国籍は一応日本だけどね」

「お父さんは日本人じゃないの？」

「じゃあ、どこで生まれたんだ？」

少年とビジネスマンがほぼ同時に発した質問のどちらがより答えやすいかを考えるみたいに彼女は口を噤み、やがてぽつりと、これから行こうとしてるところ、といった。

「これから、行こうとしてるところ？」ぼくは、彼女の言葉をそのまま繰りかえした。

「わたしは、そこで生まれたのよ」

ビジネスマンもぼくもそして少年にとってもきっと、彼女のその言葉を咀嚼するのに少し時間が必要だった。ルームミラーに、チェロケースをなぞる彼女の細い指が映る。車の中にはしばらくの間、エンジンが唸る音とタイヤが弾む音だけが響きつづけていた。

「そろそろ、きかせてくれないかな」ぼくは、ゆっくりといった。「ぼくらはこれからどこに行こうとしてるのか、を」

答えの代わりに彼女が出した指示に従い、出発してからずっと走ってきた国道を脇に折れた。舗装は残っていたが、対向車線がなくなって道路が狭まったせいか、何となく頼りなさげに見える道。すぐ間近まで迫りだした水田の緑の強烈さに比べると、旧型のジープがタイヤを預けているその灰色の道が、やたらと心細いものに感じてしまう。天然のダリアが、道端に群生するクローバーのような状態でオレンジ色に固まっていた。その他にもブーゲンビリアの赤、バナナの白、ペトレアの青。ぎらぎらと濃い緑色に揺れる生い茂った葉は、吹きつける風を受けて眩しく震える水田のそれと区別がつかなくなっている。奇妙な息苦しさを覚えて窓の幅を少し広げると、入りこんでくる外の空気は予想外に冷たく、ジープごと煎り焦がすくらいだった太陽の光が、不意に、翳った。

全く突然の、スコールだった。

前触れも兆しも、それらしいものは、皆無だった。

慌てて窓を閉めようとしたが、螺子つけられてしまったように固い開閉ハンドルが思うように回転してくれず、運転席から後ろに吹きこんだ雨に彼女が短い悲鳴を上げた。大丈夫？　と問いかけたぼくの声は、ジープをあっというまに外界から隔離させた雨音のせいで、彼女の耳には届かなかっただろう。くたびれた布製の幌など破いてしまうのではないかと心配したくなるくらい大粒の音に、ぼくは、降っているのは雨ではなくて氷か石なのではないかと思った。錆びついているのか、フロントガラスのちょうど真ん中辺りで止まってしまったワイパー越しに視界はゼロといってよく、後ろから飛んできたビジネスマンの、気をつけて、という声だけが、洪水のような音の中でもよく響いた。大丈夫すぐ弱まるから！　隣で少年が叫ぶ。泥水が四方から屋根まで跳ねあがり、一旦車を停めた方がいいだろうか、と思っていると、少しずつ、辺りの景色に色が戻りはじめた。

ようやく、ワイパーが一往復して、水を払ってくれた。

濡れた窓の向こうに、湿った空気と黒く水浸しになった道と雫を垂らす緑が浮かんでくる。

エンジンの音や振動音が耳の中に戻ってきて、自分が車を運転しているのだという意識をどうにか取りもどすことができた。

たぶん時間にしてみれば二分も続かなかったと思うが、あまりにも桁外れの雨の降りっぷりに気が抜けたのか、それともすぐにそれが終わったことにほっとしたのか、しばらくの間、みんな口を開こうとしなかった。ごく気が向いたときにしか動いてくれないワイパーがかたかたと行き来する乾いた音が、やけに耳についた。

ぼくにとっては、そんな情けないワイパーを頼りに、弱まったとはいっても雨の中の運転を続けなければならないという、また、これまでとは別の種類の緊張が生まれていた。助手席の少年はぼくに背中を向け、ドア枠に顎を載せて窓の外を見やっている。ルームミラーに映るビジネスマンは、大きく組んだ膝の上に頬杖をついて、視線はやはり外に向いているようだ。その隣にいるはずの彼女がどうしているのかは、相変わらず運転席からは何も見えない。チェロケースに置かれていた細い指も、ミラーから姿を消している。

道の前方が、警察の車と警察のバイクとそして数人の警察官で塞がれていた。雨の溜まった道を、ぼくはタイヤが滑らないように慎重にギアを落としブレーキを踏んで、車を停めた。近づいてきた警官の一人が、ロックされていないドアを外から開き、ぼくら四人を車から出させた。まだ空中に小さく残っている雨粒が、雲の隙間から顔を覗かせた太陽にきらきらと光り、二時間余り揺れまくる車の中に押しこめられていた体をみずみずしく濡らしてくれる。運転をしていたぼくに狙いをつけて喋りかけてきた警官の顔は、二日前の夜、ぼくにトゥエンティファイヴダラをしつこく要求してきた警官と同じ人間に見えてしまい、そしてもちろんぼくには彼が何をいっているのかわからず、少年がぼくの代わりにその応対を買ってでてくれた。

おまえたちは一体何者か?

どこに行こうとしているのか?

おそらく、そんな遣り取りをしばらく続けた後で、一歩退いた位置に体を置いていたぼくたち三人に、少年が顔を向け「ワン・ハンドレッドダラっていってるよ」といった。

「通行料がいるんだってさ」

四人×二十五ドルはワンハンドレッドダラ。つまり、一人につきトゥエンティファイヴダラというのが、どうやらこういう状況でのこの国の賄賂の相場らしい。

ぼくの頭にはまた、それを拒否した場合に起きることへの好奇心がもたげかかっていた。ビジネスマンは、さっさと手にした札入れからすでにドル紙幣を取りだしていた。自分の行動についてぼくと彼女に図るつもりは、どうやらなさそうだった。数枚の札の中から五十ドル札を二枚抜こうとするビジネスマンを少年が押しとどめ、もう少し細かい紙幣はないのか、と訊いた。

「どういうことだ？」

頓着の欠けらもないビジネスマンのいつも通りの喋り方をたしなめるように、少年は声を落として「いや、きっと、あの人たちも分けなきゃならないはずだからさ、細かい方が喜ばれるんだよ、こういうときは」面倒くさそうに肩をすくめ、二十ドル紙幣と十ドル紙幣を百ドル分数え合わせるビジネスマンの手からそれをかすめ取り「後はおれがうまく話つけておくから」少年はそういって、ぼくたち三人を先にジープの中に戻した。

「何が通行料だ」ドアを閉めバックシートに腰を沈めながら、ビジネスマンが吐きすてる。「こんな下らない賄賂を要求してる暇があったら、ちゃんと飛行機を飛ばしてくれといいたくなるよ」


決して気の合いそうな人間ではないが、自分で勝手に気前よく払った百ドルを割り勘にすべきだなどとは思いもよらないらしいこのビジネスマンのことを、ぼくは嫌いにはなれなかった。


「いいたいならそういえばいいのに」運転席の後ろから彼女の声がする。「どんなに下らない賄賂でも、要求する側だけじゃ成立しないんだから」

「じゃあきみは、きみの目的地に行けなくなっても、それでよかったというのかね?」ただでさえ大きなビジネスマンの声が、エンジンを切っているせいか、車の中を震わせるくらいに響きわたった。「全く、何をいってもきみはわたしに逆らうんだな」

「別に逆らってるわけじゃないよ」対照的に小さな彼女の声。だけど弱かったり細かったりはしていない。

「それ、それを逆らってるというんだ」

「じゃあ、たとえ間違えてるって思ってもにこにこ肯いてるだけの方が、あなたはいいわけ？」

「そこまでいうつもりはないがね」ビジネスマンは大袈裟に息をついて自分の言葉を自分で区切り「日本の女性というのは、もう少し控え目だと思っていたよ」そこでにやりと顔を歪ませ、わざとらしく肩をすくめながら「そうか、きみは日本人じゃないんだったっけな」

「それとこれと、何の関係が……！」

声にならない悲鳴を上げる彼女。

それまで、後ろの二人の会話を背中できいていたぼくが振りかえると、吊りあがった眉に皺を寄せ固く目を閉じている彼女の姿。顔や頭を腕で覆ったりはしていなかったけど、代わりに、膝の上に置いた両手で、砕けるんじゃないかというくらいにきつく、サングラスを握りしめている。彼女は、声を震わせ、白くなった顔を何度も横に振った。昼からまたこの国の言葉が漏れたが、今度は、「ありがとう」や「こんにちは」と一緒にぼくも覚えた言葉の一つだった。

ごめんなさい。

背中に籠を背負った果物摘みの子どもが、ジープの中を覗きこみながら通りすぎていく。雨に濡れた前髪を額に貼りつけた、まだ十歳くらいの男の子。

彼女がゆっくりと目を開き、ちょっと窓を開けてくれる？　とぼくに頼んだ。雨に湿ってさっきよりもさらに固くなったハンドルを、ぼくはぎしぎしいわせながら下にまわした。僅かに開いた隙間から外の空気を吸いこもうとしているのか、彼女の小さな鼻がぴくぴくと動いた。

「まだ、見えるの？」ぼくはそっと訊いてみた。ビジネスマンには知られない方がいいと思ったからだけど、プライベートなことには立ちいらないと今朝ぼくに話した言葉どおり、その「プライベート」からできるだけ距離を置こうとしているみたいに、大きな体を彼女と反対側のドアに窮屈そうに寄せて窓の外に顔を向けてしまっている彼の姿を見て、そんな気遣いは不要だったことを知った。

彼女は唇の端だけを使って微かに笑みを浮かべ、大丈夫、と呟いた。

「OK、うまくいったよ」助手席のドアを威勢よく開けて少年が戻ってくる。「もう大丈夫、出発しよう」座ったはずみに、ズボンの横ポケットからはみ出そうになった数枚のドル紙幣を慌てて押しもどそうとする少年の指を、ぼくは視界の隅でちらりと捉えた。「これで一つ、ガイドの役を果たせただろ?」少年の黒い瞳が切れ長の目の中で忙しく動く。少年は後ろに座る二人に向けて体を捻り、つまりぼくの目からズボンのポケットを隠すようにして、笑った。

ぼくは体を前に向けなおし、車をスタートさせた。

ワイパーが間の抜けた音を立てて上りはじめ、雨が止んだことに気づいたぼくがスイッチを切っても、よたよたとフロントガラスを往復しおえて動きを止めるまで、かなりの時間がかかった。

何十本目かに渡った橋を折れると、道は砂利敷きになった。泥が一面で太陽の光を反射させている様子は、過ぎさったスコールの激しさをそのまま物語っていた。でこぼこというよりも、びちゃびちゃという擬音語の方が相応しそうな質の振動の中をジープは数分間進み、不意に停止を指示した彼女の声に従い、朝から半日近く続いてきた行程が、唐突に終わりを告げた。

船着場の周辺は、市場のような様相を呈していた。泥道の両側を、軒先に様々な品物を並べているバラック建ての店が隙間なく埋め、肉や卵や魚や日用雑貨を売っている中の一つに船を出すための小屋が混じっている、といった状態だった。ほんの少しだけ大きめで小屋の反対側が見わたせるという以外に、船着場と他の店並みと変わるところは何もなかった。そこに着いて視界の開けた向こうを見るまで、すでに川のすぐ側まで近づいていたということさえわからなかった。

船着場には、打ちつける小さな波に崩れてしまいそうな薄っぺらい板が敷かれているだけだった。目に収まる限り、岸辺中が、水の上までせり出した小屋と船で溢れかえっていた。プラスチックやトタンや椰子の葉を敷いた軒下には、洗濯物、果物、それから屠殺された鳥、他にも見ただけでは何だかよくわからない物が一杯にぶら下げられていた。それら高床式の小屋の群れを水上に支えている丸木や角材の柱は黒く腐りかけていて、所在なげに浮かんでいる船の中には住居として使われているものもあるらしく、陸と川との境界線を明確に引くことは不可能だった。

一時間近く待たされて出発した船には屋根もなく、船というよりも敷きつめられた板が船着場からそのまま切りはなされたみたいな代物だった。後方に取りつけられた鉄棒の先端のスクリューだけを唯一の頼りにした、素人目にもわかる仕組みのディーゼルエンジンが、会話をするのを諦めたくなるくらいにけたたましい音を上げて唸りだす。そのスクリュー棒とクロスさせたオールを駆使して、菅笠を被った船頭が船を滑らせていった。

予想を超えて巨大な川は、空も雲も太陽も、船を操る船頭もその船自体も岸辺沿いの小屋の屋根高く生い茂るナツメヤシも、全てを一まとめに飲みこんで、土緑色に波うっていた。

その土緑色をしばらく進むと、そこは水上市場の只中だった。

あっという間に、あちこちから行き交う、大きさも形も多様な船たちに周囲が埋めつくされる。ぼくたちが乗っているのと似たような板敷き船、海の港でも使えそうなある程度の重量感を持った大きな船、反対に、ぼくが生まれ育ったニュージーランドの博物館で見たことがある先住民のカヌーみたいな小船、この中を縫って川面を進むのと、バイクの波に揉まれるように走りぬけてきたさっきまでの国道と、困難の度合いを頭の中で比較してみたくなるくらいだった。それぞれの船に、米や野菜や果物や生活雑貨が、舷からこぼれおちてしまいそうなくらい一杯に積みあげられていた。狭くてしかも互いの船の動きに合わせて始終刻々と幅が変わる隙間を、一本か二本の木製のオールだけで見事に操舵している「店」の主たちは、子どもから年寄りまで男も女も様々で、見るからに屈強そうな若者もいれば、大丈夫だろうかと心配したくなるくらいにひ弱そうな老婆もいる。すれ違いながら声をかけあっている彼らの間に、金銭が介入しているのかそれとも成りたっているのは単なる物々交換なのかまではわからなかったけれど、とにかくお互いに取り引きをしていることだけは間違いない。中には、船から船へ手渡しで受けとった麺物らしいどんぶりを、勢いよく口の中にかきこんでいる中年の女もいる。

ぼくたちが便乗させてもらった船は、周り中に漂っている船とは違い、目的地の島と陸との間を一日二回往復している定期船だった。船には車一台分だけの積載スペースしかなく、島へ運ぶ必要物資を積んだトラックが当然優先されなければならなかったので、ジープは、船着場の老人に十ドルで頼みこみ置いてこざるをえなかった。船の上は、トラックが載ってしまうとほとんど余分な空間はなく、人間の居場所はかなり限られていた。太った自分の横幅のバランスを取るのに苦労していたビジネスマンは、端に手摺りも何も付いていない板の上に立ち続けるのをさっさと諦め、トラックのタイヤの足許に大きなお尻を下ろしていた。ぼくは、何となくではあるけれど、座った目線よりも高い位置からこの風景を眺めたいという理由で、トラックの荷台の縁を両手で握りながら、かろうじて立った状態をキープし続けていた。少年一人が物珍しげにあちこち動きまわり、自分の身を一つに落ちつけることなく移動させている。そして彼女は、トラックを挟んだ反対側にぼくと同じように荷台に掴まって立っていた。だけどその立ち姿に、ぼくが自分の足許の頼りない板敷きに感じずにはいられない危なっかしさは、全く見えなかった。黒いサングラスで覆われた下に覗く鼻筋や口許からは、どこか凛とした空気が伝わってくるようで、周囲に忙しなく視線を動かして楽しんでいる様子は、とても爽やかでさえあった。ジープの中で、また目にしてしまったらしい「暴力」に打ちひしがれていた表情は、残っていなかった。すれ違う船と、時おり笑顔で言葉を交わしあう彼女の言葉は、トラックの反対側にいたぼくの位置からは聴きとれなかったけど、聴こえたとしてもきっと言葉の意味はわからなかっただろう。それが妙に、残念というよりも悔しく感じられてならなかった。

ようやく水上市場を抜けた船は、スピードを上げてさらに川を先に進んだ。しばらく回転を抑えていたディーゼルのエンジン音が、再び周囲の空気を震わせはじめる。広大な川幅が少しずつ狭まりだし、それに合わせて、岸辺のラインが、高床式の民家の群れからブッシュや椰子や水田の縁に変わっていった。

そのブッシュや椰子に守られるように建てられた、というよりも周囲の木や草とほとんど同化してしまっている民家から、色々な人たちが色々な用事で川に下りてきていた。野菜を洗ったり、食器を洗ったり、そして体を洗ったり。

岸辺に仕掛けた魚獲りのトラップを点検しに来ている者もいる。

見ていて一番シンプルでわかりやすいのは、飛びこんで泳いで水遊びをしている子どもたちだろうか。

みんな一人残らず、近づいてくる船が起こす波に顔を上げ、そして笑いながら手を振ってよこしてきた。年配の人たちは多少はにかみながら小さく、子どもたちは全身を使って。

たぶん毎日のルートで顔なじみなのだろう、それまでずっと無言だった船頭が、大きな声で何事かいって返す。相変わらず落ちつきなく船の上を飛びまわっている少年は、泳いでいた子どもたちの群れと叫びあっている。

彼女は、ときどき胸の前で手を振ってかえすだけで、声を上げようとはしなかった。ぼくは、彼女がどんな顔でこの光景を眺めているのか間近で見たくなり、積んであるトラックより一回り分広いだけの板の上を、脚幅をできるだけ狭めながら、荷台の縁づたいに反対側に体を移動させはじめた。穏やかに感じていた波も船の上を動こうとすると思ったよりも揺れが大きくて、濡れた板が滑りやすいこともあり何度か本当に落ちそうになりながら、トラックに文字どおりしがみつくようにして、どうにか彼女と同じ側に辿りつくことができた。そこまでのぼくの狼狽した動きは、視界を乱すには十分だったと思うのだけど、彼女は、近づいてきたぼくに気づいていないようだった。チェロケースを脇に立ちつくす彼女の姿は、その小柄な体格にもかかわらずやけにすらりと見えてしまい、そしてやはり颯爽としていた。周囲の情景をじっと見やる口許には、満ちたりた笑顔が浮かんでいた。

ぼくから見て彼女の向こう側、トラックの前輪を背にして、ビジネスマンが蹲っていた。だらしなく板の外に垂らした靴の先に、ぴちゃぴちゃ波がかかっている。顔を上げて周りを見る気も起きないようだった。すでに陽は傾きかけていたし、川面を走る風は涼しくて気持ちよかったけど、彼の大きな体にはまだこたえる暑さなのだろうか。

川には頻繁に中洲が現れるようになった。カーブを切って枝分かれの分岐点から出たり入ったりしながら、積まれたトラックのすぐ頭上にかかっている小さな橋をくぐる。どちらが本流で支流かもうわからなかった。曲がる度に川幅が狭くなり、ときどき対向してくる地元の船とすれ違い、ところどころ水面まで覆いかぶさっている鬱蒼とした枝を避け、それまではただスクリューを水中に入れていただけだった船頭の操舵が、にわかに忙しくなりはじめる。

ぼくの頭越し、後尾にいるその船頭に向かって彼女が何か声をかけた。いつのまにか横にいた少年が、もうすぐ着くらしい、とぼくに教えてくれる。板の上を完全に塞いで座りこんでいるビジネスマンの巨体を器用に跨いで、彼女が船首に移動していった。ぼくの方は、彼女の後を追って、ビジネスマンを越えていく自信はなかった。そんなぼくをどかすように、そしてビジネスマンの体を飛びこすように、少年が船首に続いていく。

前方の水平線からせり上がる濃緑色の積乱雲のような、椰子やマングローブやその他様々な植物たちに覆われた陸地は、それまで何度かやり過ごした中洲の情景と変わるところはなかった。ぼくたちの船より先に二艘、別の船が進んでいて、二艘は、その「積乱雲」を避け、片方は右に片方は左にそれぞれわかれていった。後から続いていくぼくたちの船だけが、左右どちらの流れにも進路を変えようとせずに、まるで緑色の「積乱雲」に吸いこまれるみたいに、まっすぐに波を切って川面を滑っていく。

中洲だと思っていたその陸地はどうやら中洲ではなかった。

両岸の陸地とはっきりと隔てられた、完全に一つの「島」だった。

そしてそこが、ぼくたちの目的地、つまり、彼女が生まれた島だった。

島の船着場はやはり、信じられないくらいに豊富な緑に覆われていた。所々朽ちかかった梯子が、重なりあった葉の隙間から延びだしたように川面に下りていた。ぼくたちは慎重にそれを伝い、陸に上がった。頭上を覆う椰子の木陰に置かれた粗末なベンチに、どさりとばかりに腰を預けるビジネスマン。四方から集まってきた子どもたちに、ぼくたちはあっというまに取りかこまれる。

通じあえる言葉で喋りかけた少年に、当然子どもたちの人気は集中した。椅子の上で伸びているビジネスマンは、うるさそうに皺だらけの笑いを作るのが精一杯。子どもたちのきらきらした瞳に胸が澄むような感覚を抱いたのは嘘ではなかったから、無理に作った表情になっていないはずだと思いたかったけど、でもどちらにしても、笑顔を返す以外に何もできないという点に関しては、ぼくの反応もビジネスマンとそう大差はなかった。彼女が一人の女の子を抱きあげ、腕の中のその子にこの国の言葉で挨拶を送ると、少年の周りにいた子どもたちの何人かが、歓声を上げて彼女の方に流れていった。

子どもたちの後ろから、彼女を呼ぶ声がする。振りかえった彼女は、抱いていた子を優しく地面に下ろし、そして他の子どもたちをかきわけて、声をかけてきた少女に駆けよった。二人して顔中に笑みを浮かべて懐かしげに抱きあい、お互いの頰を寄せ、そして彼女はその少女に、この国の言葉でぼくたちのことを紹介した。ぼくとビジネスマンと少年、それに少女と子どもたちをその場に残し、片方の肩にデイパック、さっき女の子を抱えあげたとき横のぼくに預けていたチェロケースをもう片方に抱え——受けとるとき微かにぼくに笑みを送りながら——彼女はその場を離れて歩きだした。長い黒髪を後ろで束ね知的な表情を持つ少女は、おそらく同じ歳くらいと思われる少年にこの国の言葉で事務的に指示を与え、チェロケースを下げた彼女の背中を目で追う暇さえぼくたちに与えなかった。

無言で先を進むその少女の後を、ぼくたちもやはり無言でついていくしかなかった。もう少し休ませてくれないか、とベンチから英語で頼んだビジネスマンの訴えを、少女は完全に無視した。ビジネスマンは一瞬迷ったようだったけど、周りを見まわし、この子どもたちの中に一人残されるのは堪らないとでも思ったのか、大きな尻を渋々と上げ、少女を追って先頭に少年、その次にぼく、という順番の後ろに続いた。

なだらかな上り坂を一列で進むのがやっとの小径。左右を覆うブッシュは、一応垣根らしく刈りこまれてはいたけれど、日々の成長の早さに剪定が追いつかないのか、ところどころ目の前に突きでたり頭に被さったりしている枝や葉を、押したり払ったりしながらぼくたちは歩いた。当然この島にもスコールはやってきたらしい。ただでさえ狭い道がぬかるんでさらに足の踏み場を減らしていて、しかも子どもたちがまとわりつくように足許を行き来している状態で、ぼくは、とてもじゃないけど、先を行く少女と少年の早足についていくことができなかった。後ろを振りかえると、ぼくよりもさらに遅れたビジネスマンが、前屈みになった顔を上げようともせずに、どうにか歩を進めることができている自分の足をじっと見つめている姿が見えた。つまり、少女を入れてたった四人のぼくたちの縦隊は、かなりだらしなく弛緩した行列になっていたというわけだ。

小径の終点の高台には、ブッシュの代わりに、椰子や棕櫚やマングローブや、その他背の高い熱帯植物が聳えていた。その下の涼しげな木陰ができている草の上に、一軒の家が建っている。家の壁には、太さの異なる丸木が幾重にも組みこまれていて、その丸木の長さが足りない場所には、ペンキのくすんだトタンが張られていた。窓がない代わりに、ブラインドのような切れ込みが何本か入った、観音開きの薄い板張りの扉。椰子の細い枯れ葉で葺かれた屋根は涼しげだったけど、でも基本的に、島に渡る前の船着場で見たバラック建ての小屋と、外観から受ける印象にあまり違いはなかった。ぼくがその高台に着いたときには、少女も少年も誰の姿もなく、息を切らせて追いついてきたビジネスマンと一緒にしばらくの間きょろきょろと辺りを見まわしていると、観音開きの片側の扉を開けて顔を覗かせた黒髪の少女が、ぼくたち二人を手招きで呼んだ。ここまで来る間に子どもたちは数を減らしていたけれど、まだ残っていた何人かがぼくとビジネスマンの手を引っぱり、少女が再び姿を消した扉に向かって連れていこうとする。

「あの家に入るのか?」子どもたちに引きずられるまま、逆らうこともできずに、湿った草の上を進みながら、ビジネスマンが漏らした。

「嫌ですか?」

「嫌というわけじゃないんだが」そういって顔をしかめるビジネスマン。「きみは順応性が高いんだな、羨ましいよ」

「順応性?」

「いや、私もこういうアドベンチャーは嫌いじゃないつもりだったんだが、もう歳なのかな、いささか疲れてきた」

「やっぱり来なければよかったって思ってます?」

ぼくのその問いにはさすがに答えるのを躊躇していたようだったけど、やがてビジネスマンは皺くちゃにした顔を横に振りながら、正直いうとね、ぽつりとそう答えた。それをきいて、ぼくがこのビジネスマンを嫌いになりきれないのは、彼のこの「正直さ」故なのだろうと思った。

「というよりも、もう、早く自分の家に帰りたいよ」

「家族の顔が見たい?」

「そういっても、独り者のきみにはわからんかな」

「たぶんね、ぼくにとっては、順応性ともアドベンチャーとも関係ないんですよ」

ビジネスマンは、子どもに引っぱられるままにさせておいた歩幅を一瞬緩ませ、改めてぼくの顔を見つめなおした。「じゃあ、何かね?」

知らなかったことを知りたいと思うから。

ぼくは自分のその答えを口にはしなかった。微かに笑みを返しただけで、子どもと一緒に家へ向かう足を速めた。

これ以上ここにいつづけるより自分の家に帰りたい、とビジネスマンはいった。それは結局、知らなかったことを知らないままで済ませられる場所に戻りたい、ということ。そう望んでいる人間に、あの彼女に対してぼくが強く抱いている望み——つまり、知りたいという思い——を伝えても、仕方のないことのような気がした。

扉の前で子どもたちと別れ、家に入ったぼくたちを迎えたのは、簡易キッチンが併設された小さなオフィスルームだった。一目見て、無駄な装飾がぎりぎりまで排された機能的なインテリアに、外観から受けていたイメージが全く覆されるのをぼくは感じた。扉に空けられていたブラインド式の切れ目は、中に入ってみると、太陽光がちょうどいい具合に入るよう角度に工夫が凝らされているのがわかる。その光の斜め下に、決して高価そうではないが、部屋の他の調度類によくマッチしている応接テーブルとソファがならんでいた。緑茶の入ったグラスを片手にすっかりそこでくつろいでいた少年が、遅かったじゃないか、と声をかけてくる。反対の壁際にはパソコンの置かれた事務机が据えつけられていて、その脇で、部屋の唯一の飾りといえないこともない鉢植えのベンジャミンの葉が、コンピューターに日光が直接当たるのを防いでいる。そしておそらく、このオフィスルームの中で一番異質に感じてしまうものはといえば、縦長にくり抜かれた奥の壁で、自分の胸を両腕で抱えこむように立ちつくしている聖母マリアの像だろう。

そのマリア像の横のドアが開き、もう一つの部屋から現れたのは、シスター姿の年配の白人女性だった。痩せた全身をグレーの聖職衣でゆったりと覆ったシスターは、ぼくとビジネスマンの顔を静かに見くらべた後、扉のそばの応接ソファを無言のまま目で示した。脚の低い小さなテーブルを挟んでソファは四人がけだった。先に座っていた少年の横にビジネスマンが並んで座り、向かいの一つにぼくが落ちつくのを待ってから、シスターはぼくの隣に腰を下ろした。唇から「失礼」と漏れた声は、ほとんど囁いているようだったにもかかわらず、耳の穴から鼓膜までしっとりと浸されてしまうような優しい英語だった。ここまでぼくたちを案内してくれた黒髪の少女が、キッチンの冷蔵庫からグラス入りの緑茶を三人分テーブルに運んでくる。お代わりをねだった少年のグラスに緑茶を注ぎおえると、少女は、マリア像の横のドアではなく、観音開きの扉に足を進めて姿を消した。建物の中にはぼくたち三人とシスター以外誰も残っていないということが、丸木の壁から伝わってくる気配でわかった。

この状況からいって、初対面での自己紹介なり訪問を迎える挨拶なり、会話の口火を切るのはシスターであるべきという当然の予想は、残念ながら当てが外れた。シスターが何もいわない限り、何をいったらいいのかぼくにはわからなかった。向かいに座った少年はグラスを何度も手にしていたが、水分補給という生理的な欲求でその行為をしていたわけではない証拠に、彼の口との往復を終えてテーブルに戻されたグラスの中の緑茶は、何度それが繰りかえされてもほとんど減らなかった。この重たい空気を打破してくれる可能性が最も高そうに思えたのは、ビジネスマンの例の社交術に長けた野太い軽口だったが、二日前に出会ったときからぼくの前ではずっと饒舌でありつづけた口の周りの皺が麻痺してしまったみたいに、彼もやはり、不機嫌そうに黙りこむだけだった。

「ほんの少し前まで」

これが、どのくらい続いたかわからない沈黙の後で、シスターが初めて口にした言葉だった。

「この国でストリート・チルドレンの姿を一人も見ないで済む場所はどこにもありませんでした、ようやく僅かながら改善されてきたのは」シスターはそこで言葉を区切り、大きな唇に初めて、幼女みたいな笑みを浮かばせて「本当にここ一年、せいぜい二年くらいのことでしょう」

隣に座っていたぼくは、シスターの横顔、柔らかくブラッシングされた短い銀髪と深い皺の刻まれた首筋と頑固そうな鉤鼻を、改めてじっと見つめた。彫りの深いこめかみと頬骨に囲まれて、灰色の瞳だけが柔らかく綻んでいた。

ほんの少し前まで、この国でストリート・チルドレンの姿を一人も見ないで済む場所は、どこにもありませんでした。ようやく僅かながら改善されてきたのは、本当にここ一年、せいぜい二年くらいのことでしょう。元々は、彼らを保護することのできるシェルター施設が目的だったのです。わたしたちキリスト教信者を中心に国際レベルで活動をしているNGOに、この国の政府がこちらの希望通り島を一つ寄付してくれましてね。もちろんできる限りの運動はしていましたけど、でも内心、政府が動いてくれることを期待してはいなかったので、実現したときには驚きましたよ。おそらく、ちょうどその頃この国の子どもたちの悲惨な状況がイギリスの国営放送に取りあげられたりして、政府としてはにわかに声高に叫ばれだした国際的なバッシングを少しでも和らげるために、多分に政治的な配慮を働かせただけのことなのでしょう。まあ、わたしたちにしてみれば、結果さえ得られればそういった裏の事情など瑣末なことに過ぎませんでしたから、どちらにしても大歓迎でした。ところが、ストリート・チルドレンと一口でいっても、この国の子どもたちの実情をいざ調査してみると、全く身寄りがない子たちが大勢いる一方で、母親と一緒に路上で暮らしている子どもたちも少なくないということがわかってきたのです。それは前の戦争で夫に先立たれたり、あるいは暴力を振るう夫から追いだされたり逃げだしたりした母親たちでした。わたしたちは、権力者たちが起こす戦争という暴力で必ず犠牲になる弱者たちの悲劇を嘆き、また、当時ようやく欧米諸国で問題化しつつあったいわゆる「DV」、家庭内暴力が先進国に特有の現象ではなかったという事実に驚きつつ、子どもたちと一緒に母親たち女性たちも受けいれていくことにしたのです。

あなた方三人をこの島に連れてきた子の話をしましょうか。あの子には、この島の中でも少し変わった事情がありましてね。

あの子の母親は、ボランティアでわたしたちの手伝いをしにきてくれていた日本人でした。母親、そうですね、ここではジャパニーズの頭文字をとって、Jとだけしておきましょう。

Jがやってきたのはシェルターができてまだ間もない頃で、この活動のことをどこでどうやって知ったのか、遠くのしかもあのような豊かな国から、いくらボランティアとはいえなぜここを選んだのか、わたしたちには理解できませんでした。最初Jは、詳しい事情を語るのを嫌がりましたよ。けれど、やっとスタートしたばかりのこのシェルター、先々うまくやっていけるかどうか全く予測もできない状況で、素性のはっきりしない外国人を安易に受けいれるわけにはいかず、わたしは厳しく問いただしたわけです。

Jは大学生のときに初めて訪れたときからすっかりこの国が好きになり、卒業した後も仕事の合間を縫っては、何度も遊びにきていたようでした。元々気質が真面目で努力家でもあったのでしょう。この国の言葉も勉強したらしく、英語が喋れないごく普通の人たちとごく普通にコミュニケートしたかった、そういってました。そして何回目かの訪問で知りあった地元の青年と、やはりこの国の言葉で語りあいすっかり意気投合し、夕食を一緒にとるようになって何度目かの夜、二人は随分遅くなるまで飲みあるいたそうです。最後の店が閉店になったときには、街には灯もほとんどなく通りを走る車もまばらで、タクシーもなかなか捕まえられそうになかった。少し遠かったけど、アルコールも気分よく入っていたし、Ｊは青年に勧められるまま歩いてホテルまで送ってもらうことにしました。

何が起きたか、もう想像がついたかもしれませんね。本当に、あまりにも、陳腐なくらいに世界中のどこでも起きてしまうことで、本来は絶対に起きてはいけないはずのことなのに少しもなくならなくて、Ｊの話をきかされたときも、いえ、今ここでこうして話をしているだけでも、情けなくて悲しくて気が滅入ってきます。その帰り道、人気のない川沿いの小道にさしかかったとき、青年は突然脇のブッシュにＪを押したおし、そして、乱暴をしました。

あえて今「乱暴」といいましたけど、少し話がずれることをお許しくださいね。わたしはこういうときにメディアが使いたがる「乱暴」という言葉が好きではない。「乱暴」には殴ることも蹴ることも突きとばすことも含まれます。極端な話、胸を軽く押すだけでも状況によっては「乱暴」です。その表現のあやふやさで、実際にそこで何が行われたかがぼかされてしまいます。Ｊは強姦されたのです。強姦とは、暴力を使って相手を抵抗できない状態に追いこみ、無理矢理ペニスをヴァギナに挿入することです。これは、わたしにいわせれば人殺しにも匹敵する行為です。暴力で人間の尊厳を踏みにじるという意味において。

ごめんなさい、話を戻しましょう。Jは傷ついた心と体を抱えて、一旦日本に帰りました。だけど、先ほどもいったとおり元が真面目な気質だったせいか、自分に起きたことをそのまま終わらせることができなかった。これが、後で起きた悲劇の要因の一つになってしまったのかもしれませんけれど。

半年もしないうちにJは再びこの国を訪れました。あの青年の行方を捜しはじめたのです。何度かこの国に来てる間に仲良くなった友人たちに相談したりしながら、そう、Jは自分が遭わされたことを恥ずかしがったり隠したりする女性では決してありませんでしたね。そしてその過程で、このシェルターのこと、自分と似た境遇の母親たちが他にも大勢いることを知りました。似た境遇の母親、といった意味がおわかりですか？この島に来たとき、Jは妊娠していたのです。あの、ただ一度の忌まわしい出来事で。

違いといえば、他の女性たちは島に来たときすでに母親になっていたけれど、Jはこれから母親になろうとしていた、その一点だけ。最初にお話したとおり、ある者は戦争で夫をなくしたり、ある者はDV被害者であったり、そして強姦されたJと、形は違いこそすれ、何かしらの暴力の被害者という意味では、みんな全く同じだったといっても差し支えないでしょう。Jも、最初は迷っていたようでしたけど、島で先に暮らしていた母親やその子たち、それにお母さんのいない他の子どもたちと一緒に過ごしていくうちに、産むことを決意したようでした。というよりも、きっとここでなら産める、育てていけると思ったんじゃないかしら。そしてJは、無事女の子を出産しました。この島に子どもは大勢いたけれど、でもここで生まれた赤ちゃんは初めて。それが、あなた方をここまで連れてきた、あの子なんですよ。

Jはね、その後もずっと、自分を強姦した青年を捜すことを諦めませんでした。ここでのボランティア活動の合間を縫っては、ちょくちょく川を渡り街まで行っていたようです。わたしは一度だけ、気持ちはわかるけどあなたの子にも決していい影響は与えないと思うから、とJを諌めたことがあります。彼に会えたとしてあなたは何をしようというの？　そうわたしが訊くとJは、別に恨み言がいいたいわけじゃない、ましてや子どもの父親になってほしいなどとは毛ほども思っていない、と答えました。強姦されたことよりもっと許せないのはその後で彼が逃げだしたことなのだ、自分がやったことから逃げることほど人間として許せない行為はない、とね。

子どもが五つになったときのことです。Jはついに彼の行方を摑み、わたしたちには何もいわず会いにいきました。そこで二人の間に何があったのかはわかりません。ただわたしたちが知ることができたのは、翌朝のニュースで報道された、Jがその青年に殺されたという結果だけでした。青年はすぐに警察に捕らえられました。わたしはJの身元保証人として、六年前に起きたこと、Jが彼を捜しだして会いにいくまでのいきさつを警察に話しました。そして事情聴取で彼が語った言葉が新聞に載りました。彼がいうには、日本の男に請われるままに国を出ていった女たちを自分は何人も知っているけど、その逆は、つまり日本から来た女たちが自分たち男を連れだしてくれることはあり得ない、六年前にJを強姦したのも六年振りに再会したJを殺害したのもそれが理由だ、ということでした。そして、警察から護送される途中の国道で、戦争で埋められたままになっていた地雷に吹きとばされて、彼も、警官たちも、全員が死にました。死体は、かなり無残な状態だったようです。

残されたJの子ども、つまりあの子は、そのままここで他の子どもたちと一緒に暮らすことになりました。まあ、あの子も文字通り孤児になってしまったわけですし、そういう意味ではあの子にもここで暮らしていく、変ないい方ですけど、資格があったわけです。けれどそれからちょうど十年後、十五になったあの子が日本に行きたいといいだしたのを、わたしは止めたりはしませんでした。この島ではテレビにも新聞にもそれからインターネットにも、普通に接することができます。川の向こうの漁村や農村に比べれば、手に入れることのできる情報量は遥かに多いでしょう。当然、日本のニュースも頻繁に入ってきます。海の向こうにここの生活と比べたら信じられないくらいに進んだ、まあ、わたし個人的には日本の方がこの島よりも進んでいるなどとは思っていませんけど、ごめんなさい、これは余計なことですね。とにかくあの子にとって知らない世界が日本にはあって、しかもそれが自分の母親の生まれ育った国だとしたら、あの子が行ってみたくなるのはごく自然のことのように思えました。まして、Jのご両親はあちらでご健在だったのですから。

実はJのご両親は、Jが亡くなったすぐ後から、あの子を引きとりご自分たちの手で育てることを望んでいました。わたしも随分迷いましたけど、最終的にあの子が自分の意志で日本に行くことを希望するまで待ってもらうことにしました。母親を失ってからのこの島での十年という時間が長かったのかどうか、わたしにはわかりません。とにかくやっと十五歳になったばかりのあの子は、自分で日本に行くことを決め、わたしはそれを許したのです。

シスターの話が途切れたとき、テーブルに落ちていた扉のブラインドの影は部屋の奥まで斜めに伸び、差しこむ太陽の光も、すっかり夕陽のそれに変わっていた。

途中からぼくは隣のシスターの方へ体ごと向いてしまっていたので、向かいに座るビジネスマンと少年が、時おり緑茶のグラスをテーブルに戻す音がきこえてきてはいたけど、どんな様子でシスターの話をきいていたのかはわからなかった。

話の間一度も手にしていなかった緑茶で唇を湿らせてから、シスターは短く息をついた。話しつかれたのか、左右の首の付け根を自分で軽く叩き、聖職衣にくるまった腰をソファから浮かせた。「ちょっと歩きましょうか」

シスターのその言葉に釣られるように、ぼくたち三人も尻を上げる。

家を出たぼくたち三人は、さっきここに連れてこられたときにはほとんど見る余裕もなかった島の中を、ゆっくりと歩いてまわった。

なだらかなスロープが数本、折りかさなったり離れたりしながら、さほど高低差のないアップダウンを繰りかえし、島の奥まで続いている。所々頭上を覆う椰子、小径に沿ってスロープを縁どるフェニックス、そしてそのスロープの行き止まりを塞ぐ棕櫚。たぶん、昼間普通に降りそそぐ白い光の下だったら、この島の基調の色は濃い緑なのだろうけど、傾いた太陽が空気ごと周囲を朱に染めだしていたせいで、視界全体に偏光フィルターがかけられたみたいに、色の代わりに影ばかり目立つ風景はやけに絵画的だった。「あの子は子どもの頃から音楽が好きでしてね」朱に染まったその影の中、草に覆われた丘やスロープやブッシュの隙間を駆けまわっている子どもたちに柔らかく細めた視線を送りながら、シスターが再び口を開いた。「この島の子どもたちには珍しいことなのですが……」

きっと、あの子の中に微かに残っている五歳までの母親との記憶が影響していたのかもしれません。Jも無類の音楽好きでしたからね。ボランティアの仕事を終えて子どもと二人の部屋に戻ってから、毎晩のように様々な国の音楽が聴こえてきたのを今でも思いだしますよ。Jが死んで、そうね、あの子が七歳のときのクリスマスだったかしら、たしかアメリカの救世軍のバザーで偶然手に入った古いチェロをプレゼントしたのですが、そのときのあの子の嬉しそうな顔は忘れることができません。次の日からあの子は、その、ネックが曲がって調律もおぼつかない中古のチェロを宝物のように大事にして練習をはじめました。来る日も来る日も。きっとあの子が日本に行きたがった一番の理由は、本格的に音楽がやりたかったからだと思います。

子どもの姿は本当にどこにでもあった。水溜まりのような池に垂らした釣り竿に、かかった魚が相当に大きいのか、三人がかりで持ちあげようとしている子たち。柵の外から牛や豚の尻に小石を投げ、干草を積んでいる女性に叱りつけられている子たち。自分の体よりも大きな籠を肩にかつぎ上げ、走りまわる鶏を追いかける小さな子。水田の泥に埋まった母親の足にからみつくように離れようとしない小さな子。他のもう少し大きな子どもたちは賑やかな音を立ててその泥に飛びこみ、母親たちを手伝っているのかそれともただ遊んでいるのか、植えられた稲の周りではしゃぎ声を上げながら駆けまわっている。

スロープの上からぼくたち目がけて勢いよく走りおり、足許につまずいて転びそうになった男の子を、シスターが助けおこした。聖職衣のお尻の下を押さえて腰を折り、その子の頭を撫でながら、後ろに立っているぼくたちに話を続ける。斜めに伸びる朱色の視界の中で、その子どもの二つの目だけが妙にきらきらと白く光って見えた。

島を去ってしばらくの間は、頻繁にわたしに手紙をくれていましたね。日本での新しい生活のこと、Jのご両親つまりあの子の祖父母に当たるわけですが、彼らがいかに自分によくしてくれるか、それに音楽高校に無事入学できた喜びなど、十五歳の少女らしく快活に取りとめもなく幾分興奮気味に綴られていました。

初めは月に一度は届いていた手紙が、三か月、半年、と次第に疎遠になっていき、最後にくれた手紙は、希望の音楽大学の受験をパスしたときだったと思います。あ、そうじゃない、何か、日本国内の割と大きなコンクールでチェロを弾くことになって、ちょうどその前日で、緊張して眠れなくてこの手紙を書いてるって、そうよ、そう、それが最後、です、それきり、あの子からの便りは、途絶えました。もちろん寂しくは思いましたけど、ほら、連絡がないのは元気な証拠というでしょう？　わたし自身、この島での活動が色々な意味で岐路に立たされていた時期で、すっかり忙殺されていた状態でもありましたし。そうこうしているうちにあっというまに時は過ぎて、そして夕べ突然、あの子から電話を貰ったのです。あの子の声をきくのは、本当に何年振りのことだったでしょう。改めて、そんなにも月日が流れていたことに愕然とさせられる思いでしてね、年甲斐もなく興奮してしまい、声が上ずっているのが自分でもわかりましたよ。

けれど、最初あの子の名前を受話器越しにきいたときの嬉しい驚きも、あの子がぽつりぽつりと漏らした話の内容にあっけなく潰されました。あの子はこういったのです。突然、ただ人と話をしてるだけで暴力が見えてくるようになってしまった、と。たった今まで目の前で笑ってた人が、表情を急変させ、真っ赤に血ばしった目で自分に襲いかかり殴りかかり蹴りかかり、意識のどこかでそれが現実じゃないことは認識できるらしいのだけど、その光景の中にいる自分が顔を青く腫らし血だらけになって引きずりまわされ、次第に実際に痛みまで感じるようになりだして……わたしは話をきいているうちに、うまくいえませんが、たまらなく悲しくなってきてしまいましてね。とにかく一度島に遊びにいらっしゃい、電話口でほとんどそう叫んでしまいましたよ。すると驚いたことに、あの子、実はもうこの国まで来てるというじゃありませんか。そして、本当に行ってもいいのか、とわたしに訊ねました。たぶんあの子、電話の向こうで泣いていたんじゃないかと思います。もちろんよ、わたしは答えました。ここはあなたの家なのだから、と。

一緒に仕事をしているわたしの仲間の一人に、心理学の博士号を持っている人間がいましてね。この島に来る前は実際ドイツでカウンセラーをやっていたこともある女性です。あの子の話をしてみたところ、彼女は、直接本人に会ったわけではないから何ともいえないけれどと断った上で、おそらく、暴力に対する恐怖心が異常に強いのではないか、そう分析を下しました。

あの子にとっては自分の出生自体が、男の身勝手な暴力による結果です。そしてあろうことかさらなる暴力で母親はついには殺され、その暴力を下した男もまた、地雷という暴力で殺されました。あの子の、心理学的用語を使えば深層心理の奥深くに根強く刻みこまれた暴力への恐怖。

わたしはあの子に訊ねてみました。日本で何かあったのか、と。あの子は言葉を濁すだけでしたけど、でもきっとあの子は何かをきっかけに理解したのかもしれませんね。あの子が、意識的にか無意識的にか、とにかく恐れてやまない暴力は、残念ながら世界中のどこにいても起こりうるものだということを。

暴力と一口にいっても、それは物理的なものに限りません。単なる言葉ですらいつ有形の暴力に繋がるかわからない。いえ、たとえ繋がらなくても、言葉そのものが、有形の暴力と同じくらい、時によってはそれ以上の痛みや傷やショックを、体にも心にも決して消えないままに残すことがある。あの子にとってはきっと、暴力は暴力、そこに有形無形の区別も差もないのでしょう。だから誰かと話しながら言葉の中に暴力の匂いを嗅ぎとっただけで、実際に殴りつけられているような光景を見てしまい、そして肉体的な痛みさえをも感じてしまうようになったのじゃないかしら。

もうあれを見るのは嫌だ、あれが見えなくなる場所に行きたい、とあの子はいいました。あれを見なくて済む場所だったらどこでも構わない、と。とにかく一度この島にいらっしゃい、わたしは繰りかえしました。ここに来たらあの子のいう「あれ」を見なくて済むかどうか、ここがあの子の望む場所かどうかはわかりませんでしたが、それ以外にわたしは何もいうことができませんでした。

スロープの先に、横長に伸びる木造二階の建物があった。おそらく学校だろう。何人かの子たちが遊具にぶら下がって遊んでいた。聖職衣姿の女性が子どもたちに声をかける。もう帰る時間だとでもいわれたのだろうか、鉄棒やブランコにぶら下がっていた子たちが一斉に飛びおり、聖職衣の女性に手を振って走りだした。

「現在この島には、四十人の女性とその子たち、他にも捨てられて両親のいない子ども合わせて百七人が、一緒に暮らしています、そう、ここが学校なのはすぐにわかりますよね。横に併設されている病院もお見えになりますか?」そういってシスターは、ぼくたちの位置からは校庭を挟んで遠くに翻っている、白地に赤いクロスの入った旗を指さした。

わたしはね、別にここをユートピアにしたいわけではないのです。そんなことは少しも夢見ていません。

島の外の世界で、恋人や配偶者たちとの繋がりに喜びや幸せを見いだせるならばそれに越したことはないでしょう。きっとその方が、この地球上に人類が誕生してからの歴史の中で綿々と引きつがれてきた正しい形なのかもしれません。でも一方で、その「正しい形」がどういう形をしているのか、わかったような顔で決めつけたくないという思いもありますけれどね。とにかく、全ての人がここに来るべきだなどというつもりはありませんが、もしかすると、ありとあらゆる形の暴力と、背中合わせになるかもしれない外の世界、そこで生きていくことのできない弱い人たちのために、この島を開いておきたい、ただそれだけが、わたしの願いなのです。

だからわたしは、成長した子どもたちがこの島を出ることに制限を設けたりはしていません。ちょうど、十五歳になったあの子を日本に送りだしたときのように、全て本人の意志に任せています。逆にこの島でずっと暮らしていくことを選んだ場合には、たった一つ条件をつけています。その条件とは、どんな形でもいいから、島にいる他の人のために役に立つということ。これは、わたしたちスタッフにもボランティアで働いてもらっている方たちにもそしてこの島に逃れてきた母親や女性たちにも、全て平等に課せられた条件です。

校庭から飛びだした子どもたちが走っていった方向、学校から少し離れた丘に位置している、やはり木造二階造りだが校舎に比べると一回り小さい建物は、どうやら何かの工場のようだ。中から、規則的で心地よい機械の音が風に乗って届いてくる。

「あれはお米の脱穀工場と製麺工場です」

どうぞ、とシスターに導かれるままに、ぼくたちはその建物に向かった。開けっぱなしの入口をくぐると、決して狭くはない室内に、粉にまみれて働いている十数人の女性たち。外できこえていたのは、大量の米粒を搗いている音だったらしい。各工程ごとに女性たちに囲まれた機械は、籾殻を分離させ、挽かれた粉を集め、その残滓をまた違う容器に落としいれ、最後に詰めこまれたズック製の大きなサックが、フロア三つ分くらいありそうな高い天井まで何重にも積みかさねられている。

「主食のライスはもちろんですけど、お菓子にしたり鳥や豚の餌にしたり、この国ではお米のありとあらゆる部分が商品になるんです」

その一つがこちら、そういわれて次にぼくたちが案内されたのは隣の製麺工場だった。養殖池のようにコンクリートで固められた槽の内側がさらに細かく仕切られていて、それぞれの部分で、ここでも女性たちが周りに張りつき、米の粉で灰色に濁った液体を攪拌させたり練ったり氷で冷やしたりしている。入った所とは反対側の出口から外に出ると、竹で編まれたシートが、五十センチくらいの高さの角材を柱にして一面に敷きつめられていた。その上に広げられ天日に干されていた、ＬＰレコード盤みたいなヌードルの素を、朱色の光の中、母親たちと子どもたちが賑やかにお喋りをしながら取りこんでいる。ぼくたちに気がつくと、みんな一斉に手を振りながら挨拶を送ってきた。シスターが、微笑みながら手を振って彼女たちにこたえる。

「ここに来る前の女性たちはほとんどが路上生活者で、自活したり子どもを育てようにも技術もなければ手段もない者ばかりでした、ここではみんなが農場や工場で働き、家畜を飼育し、魚がいっぱいの池に餌をやります」

工場を出たぼくたちのさらに向こう側の丘は居住区らしく、青く伸びた草地の上に高床式の木造住宅が点在していた。どれも外観は、初めに連れて行かれた高台の家と同じようにバラック小屋とほとんど変わりないが、それでも内装は、やはり綺麗にこざっぱりと整えられているのだろうか。

シスターはぼくの視線に応えるかのように指さしながら「あそこに見える住宅も島の住人たちで造りました、図面を引いた人間、木を切った人間、板を削った人間、地面に柱を埋めこんだ人間、本当に大勢の女性たちが関わりました……」

政府の派遣業者の手で最初に集合住居用に建てられた二棟は、今ではそれぞれ、先ほどお見せした工場と学校として使っていますが、後で建て増しした家は全て、実際にそこで暮らす母親と子どもが他の家族たちと協力しあいながら自分たちで造ったものです。

実はわたしはキリスト教に帰依するまではあるヨーロッパの総合病院で医者をやっていまして、専門は産婦人科ですけど、他にも医師免許を持っている人間が二人、わたしと合わせて三人でこの島での診療に当たっています。病院を手伝ってくれる看護師もいます。さっき、カウンセリングのできるスタッフがいることを話しましたね。そうそう、初めの家でわたしたちにお茶を入れてくれた女の子、彼女はコンピューターが得意でしてね。歳のせいかわたしはそっちの方面は丸っきり駄目なので、本当に助かっています。外国から色々な資料を取りよせてお米の品種改良を本格的に研究している者もいます。野菜を育てるのがとても上手な者、川の魚を獲るための仕掛けを次々と考えだす者、牛や豚を飼いならす名人もいます。学校から帰った子どもたちも全員でそれを手伝います。学校といえば、子どもたちに勉強を教える教師たちも忘れてはいけませんね。子どもたちは学校で理科も数学も歴史も、あらゆる科目を学びます。英語や他の言語も覚えさせています。米や家畜や魚は島内で消費されるほか、定期船でやってくる水上市場の商人たちに販売したりもしています。工場で作られたヌードルは島の重要な収入源になっています。ここで作った麺は美味しいって、なかなか評判になっていますよ。

ぼくは振りかえって、後にしてきた学校や工場や住宅の群れをもう一度見まわしてみた。すっかり広がりきった朱色の中で、建物の色や子どもたちの衣服の色や植物や土や池の色の違いが、ますますつきにくくなっていた。

電話の最後に、あの子は、またこの島で暮らしてもいいかどうかわたしに訊ねました。あなたはこの島の人たちのために何ができるの？　とわたしは訊きかえしました。自分が人並み以上にできることといえば音楽くらいしかない、とあの子は答えました。だったら、あなたの音楽がこの島の人たちのために役立つかどうかを見せてちょうだい、わたしはそうあの子に告げて電話を切ったのです。

ついさっきまでばらばらに走りまわっていた子どもたちの足が、次第にまとまった流れになって一つの方向を目指しはじめていた。いつのまにか、水田や池や畑や牛や豚の周りから女性たちの姿が消えていた。工場の機械の音も止まっている。その入口から出てきた女性たちが農作業をやめた女性たちと一緒に、先を走る子どもたちの後を追ってスロープを上っていく。

ぼくたち三人とシスターも、その波に揉まれながら同じスロープを上っていった。進むにつれて人の数が増し、みんなと同じ方向に押しながされるしか術がなくなってきた。後から来た子どもたちは溢れかえるくらいになったスロープを避け、道脇に植わるフェニックスの尖った枝を押しわけるようにして先を急いでいった。足許まで覆った聖職衣で歩幅の限られているシスターとぼくたち三人との間に、少しずつ距離ができはじめる。

朱色の空を、飛行機が過ぎていった。

「やっと、飛んだのか」見あげながら、ビジネスマンがいった。

「でも、明日の朝になるまでここから出る船はないいんだってさ」少年がいった。

「よく考えてから川を渡るべきだった」

「どういうこと?」

「この島は、なんというか、こう、我々にとって正常とはいえない場所だ」

「あの飛行機、あんなに高く飛んでるってことは、この国の空港を使ってるんじゃないね」

「ということは、ここの外は何も変わってないというわけだな」

どんどん増えていく人の中で望む位置に自分の体を置くのが難しくなり、次第にぼくは前を行く二人から遅れだした。ときどき周囲の女たちや子どもたちと言葉を交わしながら基本的には前方に目を据えていたシスターが、近づいてきたぼくを待っていたかのようにいった。

「何か訊きたいことがあるようね」

そのとおりだった。

「ここの子どもたちの中には、男の子も女の子もいるのでしょう?」ずっと拭えなかった疑問を、ぼくは素直に言葉にした。「この島に着いたときから、ついさっき色々と案内していただいている間も、ぼくは子ども以外の男の人の姿を一人も見なかった」

「だって実際、一人もいないもの」

「どうして?」

「男の人がここに住むことを、わたしが規制しているとでもいわれるのかしら?」シスターはぼくに顔を向けてにこりと笑った。「先ほどご説明したとおり、この島は、スタート時から紆余曲折はありましたけど今では単に、外の世界で生きていくのが難しい弱い人たちのための場所です、少なくともわたしはそう思っています、社会的に弱者といえばどうしても女性や子どもたちが多くなりますが、わたしはそこに性別で制限をつけているつもりはありません、ここで暮らす条件は、何度も繰りかえすようでごめんなさい、一つは外の世界で生きていけないこと、そしてこの島の他の人に役に立てること、とにかく、それだけなんですよ」

「たとえば成長した子どもたちが、男女で互いに恋に落ちるようなことはないのですか?」

ぼくの質問に、シスターは深いため息をついてから、

「この島の歴史もそれほど短いものとはいえなくなりつつあります、ここで育った子どもたちがすでに何人も成長して大人になりました、わたしはさっき、この島に残るのも出るのも本人の意志に任せているといいましたね、これまで、成長した子たちの多くが、男の子に関してはその百パーセントが、島を出る方を選びましたよ、あなたのいうとおり、恋人同士という形で出ていったカップルも何組かありました」

「その中で、ここに戻ってきた子は?」

シスターは静かに、誰もいない、と答えた。「一度島を出てまた戻ってきたのは、今

回のあの子が初めて」

シスターの言葉の意味を捉えるために、ぼくの足が少しの間止まった。

「みんなどうしてるんです？　カップルたちも含めて、島から出た子たちはその後どうなりました？」そういったぼくの声は、周りの波に押しながされるままに前へ進んでいく聖職衣の裾に追いすがるように、トーンが上がっていた。

シスターはぼくに背中を向けたまま、ゆっくりと首を横に振った。「外の世界での恋や生活が、この島で暮らすよりも幸せであろうことを」そういって寂しげに顔を伏せ、胸の前で小さく十字を切るのが、後ろを歩くぼくの位置からも見えた。

スロープの終点は、緑を覆うように聳えている数本の椰子以外、低木もブッシュも綺麗に刈りとられ、ちょっとした広場みたいに低い草が敷きつめられていた。草は盛りあがった丘に続き、そしてその頂上に、沈みかけた夕陽を背中にして、股の間にチェロを抱えた彼女が座っていた。この丘で島は終わっているらしく、川から立ちこめる夕もやが彼女を後ろから包みこみ漂っていた。

誰が指示しているわけでもないのに、丘の彼女を中心に綺麗に半円が広がり、その円の前列に座る子どもたちを外側から守るように女性たちが囲んでいる。小さな子たちは、抱きあげられた母親の肩から、彼女と、彼女が股で挟んでいるチェロに、じっと視線を注いでいた。聖職衣を着た女性たちもちらほら混じっていた。

左斜め前方に見えるビジネスマンの横顔は、周りから頭二つ分くらい高くに位置しているという理由だけではなく、これから始まる音楽を素直に楽しみに待っているだけの顔の中で、目だちすぎるくらいに目だっていた。この場に自分がいる事実に間違いなく戸惑っているらしいのに、その表情をかろうじて押さえこめていることに無理な安心を得ているように、頬の辺りに複雑な皺がくしゃくしゃに刻まれていた。

「あなたがあの子を連れて帰るというなら、わたしは止めませんよ」

隣に立っていたシスターが、ぼくに静かにいった。シスターはぼくの顔は見ずに、丘の上の彼女に、その柔らかい視線をじっと注いでいた。「それともあなたがこの島に留

「本当にこれしかないんでしょうか?」

ぼくは訊いてみた。

「これしか?」

「ここしか、ないんでしょうか?」

シスターは寂しそうに首を振った。そして深い息をつき「それを一番訊いてみたいのは、もしかするとこのわたしかもしれない」

三列ほど前に、FCバルセロナの、臙脂と青の縦縞のユニフォームシャツが見えた。少年は、隣に立っている女の子とこの国の言葉で話をしていた。女の子は、初めにぼくたちを高台の家まで案内し冷茶を入れてくれた、コンピューターが得意という少女だった。話というよりも、少年が熱心に持ちかける質問に少女の方はあまり感情は込めずに答えている、といった様子だった。

少女が肩をすくめたり首を振ったりする度に、後ろに束ねられた長い黒髪が背中の上で揺れる。

不意に少女は、少年の言葉に表情を崩して笑った。

ぼくたちがこの島に来てから初めて見たその少女の笑顔。

それがやたらと透きとおり美しくさえ見えてしまったのは、周囲の美しく透きとおった風景がそうさせるのか、少年の言葉に少女が笑いかえすという単なる行為そのものに因るものなのか、ぼくにはわからなかった。

ふと、耳の奥に、シスターの言葉が甦る。

——外の世界での恋や生活がこの島で暮らすよりも幸せであろうことを……

少女の笑顔が夕もやに乗って辺りの空気に染みわたったみたいに、丘の上でチェロを抱えている彼女の、朱色に染まった頬にも、静かに笑みが浮かぶのを、ぼくは認めた。

連れて、帰る？

一体あの彼女を、この島からどこに連れていけばいいというのだろう？

彼女は、ゆっくり、しかしはっきりとぼくに視線を向けた。

そして柔らかく吊りあがった目で、微かに合図を送ってくる。

——きみを理解するのに、きみはきみっていう以外のものを無理に含ませることは、できるだけ避けたい……

ホテルのソファで彼女と二人で話したときにぼくがいった言葉。だけど、実はこれが、丘の上の彼女に暴力を見させる、シスターがいうところの「外の世界」では、非常な困難を伴うものらしい。

というよりも、これがほとんど難しいからこそ、彼女は暴力の幻覚に苦しみ続けたというべきだろうか。

自分が所詮孤独な存在だということから来る寂しさ、その寂しさを誰かに埋めて貰うための期待、誰かより優位に立ちたいというプライド、そのプライドを傷つけられたときに生じるかもしれない悔しさや嫉妬、それを無理にそれ以外のものにしようとする行為や言葉全てをひっくるめて「暴力だ」といい切った、彼女。

——音楽以外のものは、そこに加えていない？

「できる限り、ね」ぼくは呟いた。

——じゃあ、わたしはわたしだっていう以外のものを、あなたは本当にわたしに見ない？

その問いに、ぼくの心ははっきりと肯けずに躊躇する。
ここでなら？　この島でならうまくできるだろうか？
うまくできるような気がするのは、ただの錯覚だろうか？
彼女は右手に持った弓を振りあげた。
まるで、後ろに赤く浮かぶ夕陽の中央を、細長くて鋭い影が貫いたみたいだった。

『——音楽が鳴った後に——

奏でられた楽曲は、サミュエル・バーバーのアダージオ。
もうずいぶん前に映画の挿入曲で聴いたときから、その綺麗なメロディーはごく自然に記憶に残ってはいたのだが、彼女のチェロを聴きながら最初に頭に浮かんだのは、映画から何年も後にリューイチ・サカモトがカバーしたバージョンの方だった。サカモトが、自分のピアノとエレキハープのコラボレーションでアレンジしていた物哀しい旋律を、彼女は、チェロ一本だけを使ってプレイしてみせた。

曲そのものについて少し触れると、基本のリフはせいぜい三から四パターンの繰りかえしで、全体としてもさほど複雑な展開をみせるわけではない。そのリフを象る音も、低音から静かに少しずつ高音に上がっていきまた降りてくるだけ。たとえばドビュッシーやマーラーのように予測のつかない飛び方をすることもなく、聴いていて安心のできる、とても素直でシンプルな曲だといえるだろう。だけどそれだけに、いつどこで誰がどのようにプレイするかで、受ける印象が全く違ったものになる曲でもある。

その「いつどこで」に関していえば、南の島に落ちる赤い夕陽と深い青に沈みかけている空、その状況がもたらす情緒的な要素はたぶん大きい。だがそれにしても、ここまで一心に、耳も目も、そしておそらく感情も理性も、一個の人間としての何もかもを凝縮させて、プレイヤーとそのプレイヤーが紡ぎだす音楽に集中しきれる幸福なオーディエンスを観たのは、これが初めてだった。

その彼らの目の前に広がる風景を、いつどこで「誰が」に当たる「彼女」の音は、極端なまでに抑制された静かな弓使いにもかかわらず、全て解体させてしまうくらいに鋭い力強さを持って響きわたり、そして一度解体された風景が、今度は、その風景を震わせる音楽と溶けあいながらゆっくりと再構築されていく。そうやって新しくできあがった風景は、最早、音楽が鳴る前の風景と同じものではない。

「どのように」プレイされたかについて、もう少し言葉を尽くすべきだろうか？　もちろん音楽ライターとしては当然そうすべきだろうけど、いくら冷静を脳味噌に強いようとしても、プレイを理解して把握するという脳味噌が行うその行為を、彼女のチェロは決して許してはくれない。それどころか、次第に、チェロの名で呼ばれるたった一つの楽器で奏でられているという事実さえ曖昧になっていき、彼女の右手に操られている弓と、左手に押さえられている弦が、互いに擦れあって出している音を耳で追っているはずの意識までもがどこかに消しとびはじめ、しまいには、チェロを弾く彼女の姿がその場からなくなってしまったかのような錯覚に浸りきってしまっていることに気づく。その錯覚はやがて、いいようのない快感に変わる。その快感の正体を見きわめようとすると、その果てに聴こえてくるのは、ただの音楽。

そう、彼女が鳴らしているのは、流れるような音の粒子を繊細に伸ばしたプレイでも、凍りついたように美しいメロディーを持った楽曲でもなく、単に純粋に、ただの「音楽」だった。

仕事柄これまで数えきれないくらいに「音楽」が奏でられる場所に居あわせたが、聴いている側も「音楽」以外のものを求めず、そしてそこに「音楽」以外のものが提供されないとき、これほどまでに完璧に調和の取れた空間ができ上がることを、生まれて初めて知った。

女たちも子どもたちも、この島で初めて生に接することができた「音楽」にただ体を委ねきっていた。「誰かとわかちあいたい寂しさ」も「勇気を与えてくれる励まし」も「傷を和らげてくれる癒し」も、そこにはなかった。

この世界一幸福なオーディエンスたちは、「音楽」が終わった後、家に帰りいつもと変わらぬささやかな夕食をとりながら、母子で今日聴いた「音楽」について話をするだろう。そしてやはりいつも通りにベッドに入り、それでも体に残っている「音楽」のおかげで、いつもとはほんの少し、だけど確実に何かが違う眠りがきっと訪れる。明日の朝目が覚めたとき、子どもたちの何人かは、自分も音楽がやってみたい、と思い、彼女の部屋を訪れるかもしれない。

ふと、どこかに溶けて消しとんでしまっていた視界に、再び、夕陽と夕空とそしてチェロを抱えた彼女の姿が戻ってくる。

彼女が聴かせてくれているのは、まさしくそういう「音楽」だった……』

あとがき

この島には実在のモデルがある。

もう二年以上前のことになるが、アジアのある島のあるプロジェクトを紹介している新聞記事をたまたま目にしたことが、この小説の生まれるきっかけとなった。

もちろん、小説は結局はフィクションに過ぎないわけだから、物語の中で構築されている「島」とモデルになった実在の「島」とが、全く同じコンセプトに基づいて運営されているわけではない。それでも、ベースとしてはそれほどの差異はない、つまり、話を創るに当たって物語に都合のいいように曲解された部分は少ないのではないか、といささか自分勝手にではあるが、捉えている。

新聞記事を読みながら、拭えなかった疑問。外界からのシェルターの役割を担っているその島で育った子どもたちは、成長した後どうするのだろう？　いや、どうなるのだろう？

島を出ていくのが義務ということはないと思う。反対に、大人になった後も島に留まらせる方針で育てられているというのも、それはそれであまり現実的でない。あくまでも、いずれはみんな実社会に出ていくことが前提とされている、そう考えるのが自然だろう。

だからほとんどみんなが、義務であろうがなかろうが、おそらくいつかはその島を後にする。知りたいのは、何年かしてからまた舞い戻ってきてしまう人間がいるかいないか、ということ。実社会からほぼ隔絶してしまっているその島の状況を考えると、たとえば「東京に出て何年か暮らしてみたけどやっぱり生まれたところがいいや」といって故郷に帰るのとはわけが違うだろうし、同じシェルターでも、街中や郊外などに設けられている施設とこの島とでは、そのまま比較の対象として事例を当てはめるのは無理があるような気がする。

想像してみるに、戻る方を選択する人間が全くゼロということはないかもしれない。

だとしたら、戻りたがる割合とそうでない割合とではどちらの方が多いだろう？　たぶん前者の方が少数ではないか、と希望的観測を込めてそう予想したい。でなければ、一体この「実社会」は何なのだ、となってしまうから。いや、ここで「割合」という統計の問題にしてしまっていいのだろうか。もしたった一人でも戻りたがる人間がいたとしたら、そのときはやはり、この「実社会」は失敗だった、と認めざるをえないのではないか。

結局はフィクションに過ぎない、という同じ理由で、小説にする際にはこの疑問に結論をつけなければならなかった。「島に戻るか戻らないか」おそらくこれが、この物語を終わらせるに当たって、最も頭を悩ませた点だったように思う。その結果、推敲のたびに二転三転する羽目になった。男は誰も戻ってこない、何人かの女は戻ってくる、カップルで出ていった者たちは戻ってこない、いや……

最終的に選んだ結論については本文を読んでいただくとして、果たしてそれが最善の判断だったかどうかは、残念ながら確信を持てていない。たとえ最善の判断だったとしても、「小説としての最善」と「現実としての実際」とは、必ずしも一致しないだろう。実在の「島」のプロジェクトは、小説とは違い新しく始まったばかりの活動で、だとすれば、子どもたちが成長したらどうなるのか、という段階にはまだ至っていないとの推測が成りたつ。だけどそれは、いずれ必ず直面しなければならない問題のはず。事がそこまで至ったとき「現実としての実際」がどういう動きを見せるのか、その結果を見るまでは、この小説は、自分の中では、終わっていない。

あとがきに添える謝辞として、愛する人たちや支えてくれた人たちの名前を挙げたり、あるいは、校正の過程で次から次へと持ちだしたわがままなお願いや無理難題を快くきいれ全面的にバックアップしてくれた、編集担当の方を始め文芸社のスタッフたちにお礼を述べたり、それがこの場での常套というか常識なのかもしれない。こういった人たちに抱いている気持ちを伝えだしたら、頁がいくらあっても足りなくなりそうだといったら言い訳にきこえるだろうか？　この小説をこうして最後まで書きおえて出版まで

漕ぎつけたこと自体が、こういった人たちのサポートへ報いるための唯一の術だったと
いったらそれは甘えだろうか？

代わりというわけではないのだけど、これまでの自分に、いや、体や心や経験や記憶やそれら全てが寄りあつまってできあがっているその「自分」というコンテンツに、ずっと多大な影響と幸福を与えつづけてくれた、全ての音楽、全ての文学、全ての映画、それらを創り、聴かせ、読ませ、観させてくれた、過去から現在に至るまで、世界中のあらゆる「創作者」たちに、心からの感謝を述べたい。

冒頭に「ある新聞記事がきっかけになった」と記したけれど、そんなことより以前に、彼女たち、彼らがいなかったら、この小説はなかった。

著者プロフィール

中川 哲雄（なかがわ てつお）

東京在住。
権利に関するサイト SunRights Online からメールマガジンを発信中。
ロックバンド the solid chocolates の公式サイトからもメールマガジンを発信。同バンドのヴォーカリスト。

SunRights Online
http://www.sunrights.com/
the solid chocolates official web
http://www.geocities.co.jp/MusicStar-Vocal/3754/

知りたい果て　知らない終わり when the music's started

2003年10月15日　初版第1刷発行

著　者　中川 哲雄
発行者　瓜谷 綱延
発行所　株式会社文芸社
〒160-0022　東京都新宿区新宿1－10－1
電話　03-5369-3060（編集）
03-5369-2299（販売）

印刷所　図書印刷株式会社

ISBN4-8355-6330-1 C0093